나는

매일밤

이혼을

꿈꾼다.

나는 **매일** 밤 **이혼**을 꿈꾼다

우진 지음

ㄱ~ㄹ:)섬

우리 집에는 남자 둘 여자 하나가 살아요

나는 생각했다.

셋이면 혼자일 때보다 외롭지 않을 거라고.

나는 믿었다.

뭐든지 같이 할 수 있는 내 사람이 언제나 함께 있다고.

적어도 결혼생활을 시작할 땐 그렇게 굳게 믿었다.

하나보다는 둘이, 둘보다는 셋이 더 신나고 즐겁게 살며 외로울 틈이 절대 없을 거라고.

우리 가족은 셋이지만 나는 언제나 혼자인 듯 외롭다.

오히려 같이 있는데 혼자라는 기분이 들게 하는 두 사람이 미워질 때가 있다. 세상 물정 너무 잘 알아서 되도록 귀찮은 모든 일은 피하고 싶은 한 남자와, 세상 물정 너무 몰라서 뭘 해야 할지 모르니 아무것도 안 하는 남자. 이 두 남자와의 불공정한 동거 생활은 나에게 화(火) 신을 자주 영접하게 했다.

눈 밑에 검은 미소는 다크서클인가?
피부는 왜 이렇게 푸석푸석하고 칙칙한 거야?

어느 날 거울에 비친 내 모습이 낯설었다.
보톡스로 잘 관리된 브이라인의 날렵한 턱선, 마치 필러를 넣은 듯 빵빵하고 탄력 넘치는 광대와 두 볼, 생얼에도 물광 효과가 나타나던 윤기나는 피부결은 어느덧 개기름으로 변질되어 있었다. 결혼 전까지 분명히 간직하고 있던 통통 튀는 생기와 해맑은 웃음기조차 몽땅 사라졌다. 칙칙한 낯빛에 하늘 높은 줄 모르고 치켜 올라간 눈꼬리, 중력의 힘에 백기를 든 축 처진 입꼬리, 주름이 자글자글한 눈과 볼 위로 콕콕 박힌 기미만 가득한 무표정의 낯선 여자가 있었다.
"누구세요?"

갑자기 두 눈에서 뜨거운 물줄기가 흘러나왔다.

매일 청소 걱정, 빨래 걱정, 식사 걱정, 가족 걱정만 하며 사는 게 내 꿈은 아니었는데 나를 돌보고 가꿀 시간 없이 걱정 인형이 되어 쳇바퀴 굴러가는 일상을 살고 있었다.
재미와 설렘과 감동을 잃은 채 말이다.

이만하면 충분하다.
이만큼 했으면 최선을 다한 거다.
아등바등 잘하려고 애써왔던 모든 마음을 내려놓는다.

이제 진짜 그(신랑)와 나의 관계를 정리하기로 마음을 굳게 먹고 내일은 주민센터에 가서 꼭 이혼서류 챙겨와야지 마음속 깊이 이혼을 결심하는 순간, 알았다. (당신도 알게 될 것이다) 내가 진심으로 찾고자 하는 나의 모습이 어떤 것이었는지, 내가 꿈꾸던 인생이 어떤 모습이었는지를 말이다.

당신의 오늘 하루는 어땠나?
괜찮은 아내, 괜찮은 엄마가 되기 위해 모든 에너지를 소비하진 않았는가? 아침부터 이미 방전된 에너지로 남은 하루를 힘들게 버티고 있지는 않은가?

나는 항상 괜찮은 엄마인 척, 괜찮은 아내인 척하며 지냈다. 괜찮지 않은데 괜찮은 척하며 주부라는 가면을 쓰고 깊은 한숨으로 애써 나를 숨기며, 임무를 수행하듯이 아내와 엄마의 역할을 처리해갔다. 하루하루 간신히 버티며 살았다.

이 책이, 지금 글을 읽는 당신에게 '맞아 맞아. 나도 그랬지'라며 공감할 수 있는 웃음과 '나는 왜 이러고 살까' 자책하고 속상해하는 아픈 마음을 토닥이며 위로받는 작은 휴식처가 되길 바란다. 내가 느끼는 사사로운 일상의 감정들을 허투루 생각하지 않고 하나씩 하나씩 글 속에 모아 담았다. 나쁜 감정의 조각들이 마음 깊이 파고들어가지 않게 수시로 걸러내고 뽑아내었다.

글을 통한 분노의 방출이 오히려 나를 치유하는 시간이었고 치유된 나는 그동안 엄마와 아내로 살면서 잃어버린 나를, 놓치고 있던 나의 찐 모습을 찾아가기 위한 에너지를 채워 넣는다.

내가 돌봐야 할 사람들에게 집착하지 말고,

너무 잘하려고 애쓰지 말자.

주변의 모든 것들이 내 마음대로 되지 않음에 속상해하지 않았으면 한다. 지금도 충분히 잘하고 있으니까.

불합리한 상황을 만나면 감정을 참으며 억누르지 말고 자신의 방법으로 분노를 터트리길 바란다.

당신이 이혼을 꿈꾸는 순간, 당신의 진짜 결혼생활이 시작될 것이다.

오늘도 위대하게 아내이자 엄마 역할을 해내는 당신에게 공감과 위로를 선물하며 응원의 마음을 전한다.

2023년 8월, 여름
작가 드림

프롤로그

우리 집에는 남자 둘 여자 하나가 살아요 005

결혼을 선택하지 않겠습니다

사랑은 함께 같은 방향을 바라보는 것이다 015

당신이 머문 자리는 아름답지 않습니다 019

방귀 뀐 놈이 성낸다 023

좁혀지지 않는 공감거리 027

배려라 쓰고 방패라 읽는다 033

거실은 침대가 아닙니다 037

설마 나도 페미니스트였나 041

비출산주의를 선포 합니다

호랑이는 죽어서 가죽을 남긴다 051

코끼리도 육아는 처음입니다 057

내리사랑은 있어도 치사랑은 없다 061

잠시 빌려 온 워킹맘의 마음 065

2분에 한 번씩 나를 찾는 남자 069

육아 번아웃 증후군입니다 073

영화에서 육아론을 배운다 077

그래도 살아야 합니다

시키면 다 합니다 085

행복은 반드시 온다 089

그렇게 말해줘서 고마워요 093

음악 타임머신의 선물 097

우리 집 0순위는 '엄마'입니다 101

다시, 나를 빛나게 할 시간을 준비합니다

엄마에게도 이름이 있다 109

크로노스를 카이로스로 사용하기 115

마흔은 두 번째 스무살 121

나도 쉼이 필요해 127

나는 주6일제로 일합니다 133

본문 같은 부록

엄마가 엄마에게 141

내가 글을 쓰는 이유 147

에필로그

결혼을 선택하지 않겠습니다

사랑은 함께 같은 방향을 바라보는 것이다

우리 약속하지 않았던가? 함께 같은 곳을 바라보기로.

같이 바라보는 그곳에서 나는 보이고 너는 절대 보지 못하는 것은 왜일까?

공간에 대한 로망이 있다.

그중에서 내 로망 속의 욕실은 문을 열면 로즈마리 향기가 차분히 깔려 있고 안쪽에는 아주 큰 욕조가 있으며, 문을 열면 보이는 세면대 위에는 광이 날 정도로 깨끗한 원형 거울과 그 뒤로 차분하게 간접조명이 빛을 뿜어낸다. 물건들은 밖에서는 보이지 않게 그레이 톤의 깔끔한 수납장 안에 가지런히 잘 정돈되어 들어있으며, 언제나 맨발로 들어가도 될 만큼 물기 하나 없는 뽀송뽀송한 바닥이 있는 곳이다.

그러나, 그런 로망은 하룻밤 머무는 5성급 호텔에나 있었고 욕실이 소품에 불과하는 드라마 세트장에서나 존재하는 공간이었다.

하루에도 수십 번 들락날락하는 우리 집 욕실엔 채워놔도 향기가 잘 퍼지지 않는 디퓨저가 그나마 기분 나쁜 공기를 순화 시켜주고 있으며, 매일 사용해야 하는 비누와 칫솔 주변엔 물기가 마를 날이 없다. 한 평 남짓한 공간에 꿈꾸던 대형 욕조는 사치였으며, 욕실 바닥의 뽀송뽀송함은 결코 꿈꿔서는 안 되는 일이었다. 더군다나 언제나 습하고 공기가 잘 통하지 않는 우리 집 욕실에는 상상 속에서는 감히 등장하지 못했던 곰팡이가 수시로 방문한다.

로망 따위는 버려야지!

제멋대로 방문하여 욕실 바닥에, 변기 안에, 세면대 위에, 샤워기 주변으로 자리 잡은 불청객들을 청소한다. 그런데 이상하다. 이 불청객들은 너무 자주 나타난다. 쫓아내면 또 찾아오고 씻어내면 다시 생긴다. '곰팡이 싹싹'을 손가락이 떨어져 나가라 뿌리고 락스도 아낌없이 부어가며 박박 문질러 닦았는데 살아나고 또 살아난다. 어디선가 잠시 숨어 있다가 방심한 사이에 조금씩 자신의 모습을 드러낸다.

"나는 너를 부른 적이 없다. 이제 그만 찾아오거라. 다시 보이면 그땐 사정없이 도려내 주마!"

듣지도 못하는 너에게 경고의 수세미를 던진다.

곰팡이와의 끝나지 않는 싸움 속에 지친 그날.

전쟁을 치른 지 일주일도 안 된 것 같은 그날.

너무 지치고 화가 난다.

나는 더 이상 못하겠으니 남편아 대신 좀 해줘 하는 마음으로 퇴근하고 누워서 쉬고 있는 신랑을 불렀다.

"자기야, 욕실로 좀 와 봐요."

"알았어."

웬일로 순순히 대답한다.

욕실 문 앞에 나란히 선 우리 부부.

"욕실에서 냄새나지 않아? 바닥에 저거 봐봐 엄청 더럽지?"

"아니, 괜찮은데. 깨끗해."

그렇게 말하고선 다시 쌩– 방으로 들어가 버린다.

0.1초 만에 스캔을 끝내고 '내가 이따가 할게'도 아니고 '내가 주말에 할게'도 아닌, '괜찮아 깨끗해' 라니.

수시로 나타나는 곰팡이보다 외면하는 신랑이 더 야속하다. 한참을 욕실 문 앞에 서 있다가 환풍기 스위치를 켜둔 채 문을 닫는다.

야야야, 이놈의 신랑아!

보이는 것도 눈 질끈 감고 안 보인다고 해버리는 추잡한 수작을 부리는 남편 놈아. 반듯하게 서서 소변보면서 여기저기 그대가 더럽혀 놓은 저 바닥이 곰팡이들의 서식지라는 거 모르겠느냐? 나는 이렇게 선명하게 보이는데 왜 너는 정녕 보지 못하는 것이냐?

같은 곳, 같은 것을 바라보며 함께 이야기하고 싶구나.

당신이 머문 자리는 아름답지 않습니다

2015년, 당시 33살 이었던 나는 처음으로 부모님이 만들어 놓은 울타리를 벗어나 독립을 했다. 완벽히 혼자인 공간. 나로 인해 만들어지고, 채워지는 그런 집에서 고요하고 평화로운 삶을 살았다. 혼자 살 때 나의 공간은 언제나 내가 마지막으로 정리한 그 모습 그대로 다시 시작되었다. 사용한 물건은 쓰고 나면 제 자리에 돌아가 있고, 음식을 먹고 난 그릇은 잘 씻겨 싱크대 선반 위에 가지런히 놓여있다. 쓰레기는 바로바로 분리되어 치워서 눈에 거슬릴 것 하나 없었다.

한번 정리를 하고 나면 2번, 3번 치우고 또 치우는, 반복된 행위를 하는 일도 발생하지 않았다. 언제나 평화로운 보금자리였다. 적어도 내가 누군가와 함께 한 공간에 살기로 결정하기 전까지는….

이른 아침, 거실. 그곳엔 아무도 없었다.

지난밤에 식사를 마치고 설거지와 함께 식탁 위도 깔끔하게 정리하고 잠들었는데, 눈을 뜬 오늘 아침 식탁 위에는 속이 텅 빈 맥주 캔 하나가 덩그러니 나를 보고 굿모닝 인사를 한다.

이건 뭐지? 간밤에 신랑이 또 몰래 먹었네!

아침부터 살짝 짜증이 났지만 습관적으로 빈 캔을 집어서 쓰레기통에 던져 버린다.

그래, 뭐 치우려고 했다가 깜박했겠지.

이 상황을 이해해 보려 스스로를 다독이며 조용히 넘긴다.

그리고 다음 날,

주방 싱크대 위에 다 마셔버린 음료수 병이 또르르 굴러 바닥으로 떨어진다. 어제의 나보다 조금 더 빠르게 짜증 게이지가 차오르고 있음을 느낀다.

도대체 왜 먹고 난 빈 통을 치우지 않는 걸까?

먹고 난 쓰레기는 바로 치우자고 하면, 본인은 억울하다는 듯 잘 치우고 있다고 하길래, 하루는 식탁 위에 살포시 놓고 간 빈 과자봉지를 핸드폰 카메라로 예쁘게 찍어 카톡으로 전송했다.

"오늘도 그대로 두고 가셨네요?"

"어. 내가 치우지 않았나요?"

너무도 뻔뻔하게 돌아온 대답에 차오른 분노 게이지는 내려올 줄 모른다.

"그럼 지금 내 앞에 굴러다니는 봉지는 아들이 먹었나요?"

"그랬네 아들이 먹었네."

"죽고 싶냐? 아들은 매운맛 못 먹는다. 이거 썬칩 이거든."

"아하하… 그렇구나, 미안합니다."

못내 미안하다는 사과는 받아냈지만, 매번 저렇게 앉은 자리에 흔적을 남기며 내 손을 더럽히는 당신. 정작 본인 두 손은 새털처럼 가볍게 일어나 몸뚱이만 가지고 사라져 버리는 당신.

너의 그 못된 습관을 머리끄덩이 잡아채듯 잡아서 쓰레기통에 처박아버리고 싶다.

한 봉지 가득 쌓여있던 빵은 모두 사라지고 빵을 감싸고 있던 투명한 비닐만 식탁 위를 굴러 다닌다. 한 손에 가위를 들고 빈 봉지를 사정없이 난도질하여 쓰레기통에 던져버린다.

수없이 얘기하고 또 얘기했건만, 언제나 그랬듯이 오늘도 당신이 머물던 자리엔 당신은 온데간데없고 쓰레기만 덩그러니 남아있군요.

당신이 머문 자리는 결코 아름답지 않습니다.

방귀 뀐 놈이 성낸다

연인 사이에 방귀를 언제 텄는가? 아직도 안 트고 신비주의로 지내고 있는가? 이런 이야기는 커플들이 만나면 종종 나오는 화두의 대상이기도 하다.

"우리가 언제부터 방귀를 트고 살았지?"

지난날을 떠올려 보면 딱히 시작점이 언제였는지 기억나지 않는다. 우리 부부에겐 처음부터 그런 신비주의는 없었던 것인가?

결혼 5년 차, 나는 아직도 생리적 현상이 타인에게 노출되는 것에 예민하다. 갑자기 방귀가 나오려고 하면 괄약근에 힘을 강하게 주고 빠르게 장소를 이동해 외부 공기가 통하는 장소나 화장실 안에서 해결한다. 그러나 나와 한 집에 살고 있는 남자는 이런 나와 생각이 전혀 다르다. 시간과 장소 따위 구애받지 않고 시도 때도 없이 뿡~ 뿡~ 항문을 통한 장속의 공기배출이 매우 자유롭다. 간혹, 자다가 그 소리에 놀라서 깬 적도 있다. 사람은 자는 동안에도 방귀를 멈추지 않는다는 사전 속의 말이 증명되는 순간이다.

'뿡~' 맑고 경쾌한 소리를 지나 '뿌드드~득~' 탁하고 걸쭉한 소리를 낼 때면 너무 기분이 나빠져 신랑을 째려본다.
"아예 똥을 싸세요. 똥꼬 좀 막던가!"
매번 핀잔을 주지만 화가 나는 건 나 혼자일 뿐, 본인은 생리적 현상은 참을 수 없다며 나한테 왜 그러냐고 버럭 한다.
적반하장이 따로 없다.

방귀의 농도는 높아지면 중독되어 죽을 수 있다고 한다.
나는 그런 죽음의 순간을 수차례 경험했다.
2022년 뜨거운 여름의 주말,
가족 나들이 가는 가는 차 안에서였다.
유난히 무더운 날이라 에어컨을 강하게 틀고 창문을 굳게 닫은 채, 도로 위를 신나게 달리고 있었다. 그런데 갑자기 지독한 똥 냄새가 차 안으로 스멀스멀 퍼지고 있었다.

"혹시 어디 창문 열려있어? 무슨 똥 냄새가 나는데."

"아니. 주변에 어디 농장이 있나?"

지금 우리는 제주도의 고속도로라고 불리는 애조로 위를 달리고 있는데, 깔끔하게 잘 포장된 도로 위에 뜬금없이 농장이 웬말이냐?

"자기, 방귀 뀌었어?"

운전하는 신랑을 째려본다.

"아니, 아닌데."

그러면서 씩 웃는다.

걸렸어! 딱 걸렸어. 입꼬리가 올라간 너의 미소 띤 얼굴을 백미러가 보여주고 말았단다.

그런데도 본인은 아니라고 한참을 우기더니만,

"미안, 참을 수가 없었어."

한마디 툭 던지고 조용히 창문을 내린다. 차 안으로 들어오는 뜨거운 바깥공기마저 상쾌해지는 순간이었다.

미리 예고라도 해줬다면 무방비 상태로 당하진 않았을 텐데,

미안하다고 바로 인정했다면 어쩔 수 없는 생리현상이니 조금 너그럽게 참아 볼 수 있었을 텐데.

빤히 보이는 거짓말로 위기를 대충 얼버무려 넘어가려는 뻔뻔함에 뒤통수를 한 대 치고 싶었다. 그러나 가족의 안전을 위하여 두 눈 질끈 감고 깊은숨으로 오염된 폐를 정화 시킨다.

방귀 속에는 지구 온난화를 유발하는 메테인 가스도 나온다고 한다는데….

"신랑아, 우리 지구 환경보호를 위해 장내 가스 배출을 조금 줄여보는 건 어때?"

"방귀 참으면 독 된다."

역시나 방귀 앞에서도 철벽남이다.

"그래! 똥, 방귀는 참으면 독 되지. 건강에 매우 해롭지."

에라, 이젠 모르겠다. 나도 그냥 빵~! 하고 항문을 통한 큰 비명을 질러버렸다.

어디 한번 방귀대장 뿡뿡이도 울고 갈 환상의 하모니를 탄생 시켜 보자꾸나.

좁혀지지 않는 공감거리

"내 말이 그렇게 이해가 안 되니?"

"생각이란 걸 하고 말하는 거니?"

"당신은 도대체 왜 그래?"

"무슨 생각을 하고 사는 거야?"

여자는 서울시 관악구 신림동에서 태어났다.

남자는 2년 후, 충청남도 보령군 남포면에서 태어났다.

서울에서 충남, 여자와 남자의 물리적 거리는 158km.

두 남녀가 제주도라는 교집합의 공간에서 만났다. 그리하여
두 사람이 한 지붕 아래서 살고 있지만, 태생부터 존재했던 물리

적 거리만큼 쉽게 좁혀지지 않는 너와 나의 공감 거리가 분명 존재함을 느낀다.

　나는 밝은 공간을 좋아한다.
　내가 머물고 있는 공간부터 움직이는 이동 동선의 공간에도 조명을 켜 둔다. 그 뒤를 따라다니면서 불을 끄는 신랑이 있다. 나는 밝은 게 좋으니 내가 알아서 끄겠다고 해도, 본인이 보기에 지금 사용을 안 하면 꺼버린다. 아니, 사용하는 공간도 낮에는 햇볕으로 충분하다며 불을 끈다. 나는 그런 어두움에 답답하다.

　옷은 상황에 따라 다르게 입어야 한다.
　외부에서 입은 외출복과 집안에서 입는 실내복, 잘 때 입는 잠옷은 구별해서 입자고 했다. 외부의 더러운 세균들이 어떤 경로를 통해 집에 왔는지 모르니 바로바로 벗어서 세탁기에 넣고 새 옷을 갈아입으면 기분도 좋지 않은가? 자꾸만 더러운 옷을 입은 채 힘들었다며 침대 위에 눕다가 나한테 욕을 한 바가지 먹고 나서야 구시렁거리며 터덜터덜 옷을 갈아입는다.

　30여 년을 서로 다른 환경과 습성, 상반되는 성격과 성향을 가지고 살아왔으니 180도 바꿀 수 없다는 것은 알지만, 상대를 이해하려는 마음이 있다면, 100도 정도의 변화는 가능한 일이 아닐까? 하지만 머리로 이해하는 것과 마음으로 와닿아 진심으로 상대가 처한 상황에 스며들 듯 이해하는 공감 능력은 언제나 나의 기대치에 못 미친다.

　공감과 공감 능력은 분명 다르다.
　머리로는 이해하지만 마음은 언제나 밀어내기 바쁘다.

　지친 마음을 달래고자 카페에 갔다. 창가에 앉아서 눈앞에 넓게 펼쳐진 푸른 바다를 가만히 바라본다. 파도가 바위에 부딪쳐 쪼개지듯 퍼지다가 다시 사라지고, 또다시 파도를 몰고 와 반복적으로 바위를 세차게 치고 간다. 그 모습이 마치 신랑과 나의 날 선 심리상태 같다.

　누가 파도이고 누가 바위 일까?

　한참동안 멍하니 바다를 바라본다.
　아, 내가 수도 없이 변하는 파도이고 신랑은 바위다.

끊임없이 요구하고, 지적하고, 변하라고, 닦달하는 것은 온전히 나였으니까. 바위는 가만히 그 자리에서 파도를 받아들인다. 천천히 오라고 하거나 멈추라고 하지 않는다. 하지만 바위이기에 변하지도 않는다. 묵묵히 자기 자리를 지키는 우직함이라고 변명해 보지만, 달려오는 파도의 입장에서는 언제나 거슬리는 장애물일 뿐이다. 그러나 그 바위 덕에 거친 파도는 중간에 힘을 잃고 다시 잔잔한 바다의 일부가 되었다.

"내 말을 듣고 있는 거야?"
"아까 얘기할 땐 안 듣더니 이제 와서 왜 다시 물어봐?"
"대충대충 듣지 말고 바로 대답을 해달라고!"

오늘도 내 마음속의 파도는 저 앞에 거슬리는 바위에 거침없이 하이킥 하듯 달려가 부딪히고 쪼개진다. 그리고 다시 사그라든다. (어쩌면 제풀에 지쳤을수도….)
수없이 치고 치고 또 파도가 치다 보면, 바위도 조금씩 깎이고 갈라져 모난 부분은 무뎌지고 변형되지 않을까? 저 바위가 파도가 사랑할 모습으로 변하기까지 과연 얼마의 시간이 필요할까?

제주 용두암의 용머리 바위도, 용머리 해안의 절벽도 지금의 웅장한 모습이 되기까지 수천만 년이 걸렸다고 하는데, 인간의 평균수명 안에 신랑이라는 바위가 변하기까지는 시간이 턱없이 부족하겠구나. (쩝…) 당신이 변하기를 바라는 내 기대를 살포시 내려놓음이 가장 현명한 방법일 수도 있겠다.

나의 결론이 결국 포기란 단어로 끝나는 것 같아서 문득 씁쓸해진다. 결혼생활은 끊임없는 포기와 내려놓음으로 유지되는 관계이구나.

열강기

체온계 속 노란불은 밤새 초록불로 돌아올 줄 모르고
불덩이 같은 아가의 이마엔 시름의 열기가 가득하다

내쉬는 거친 숨결에 놀라 한 번 깨고
뒤척이는 몸짓에 다시 놀라 벌떡 일어난다

반사적으로 체온계를 잡는 손과
어둠 속에서 귓구멍을 찾는 눈동자여

깊은 밤 지나고 나면 돌아오려나
깊은 잠 자고 나면 좋아지려나

미동없는 노란불만 바라보며 전전긍긍
초록불만 애타게 기다리며 밤을 지새운다.

배려라 쓰고 방패라 읽는다

모든 인간관계는 배려라는 덕목에서 맺어진다.

누가 배려를 상대방을 위한 것이라고 했는가?

결혼생활에서 배려는 오로지 나를 위한 방패이다.

감기에 걸린 아들이 갑자기 미열이 나기 시작했다. 한밤중에 찾아오는 미열의 신호는 불안과 긴장과 초조함을 안겨준다.

오늘 밤도 잠은 다 잤구나.

불덩이 같은 아이를 옆에 끼고 미지근한 물수건을 반복적으로 갈아주며 고열로 치고 올라가지 않도록 간호했다.

오르락내리락 하는 체온계만 하염없이 바라보며 뒤척이는

몸짓에 한 번, 콜록 거리는 기침소리에 한 번씩 놀라며 잠 못 이 룬다.

여기서 아이의 아빠는 어디 있냐고?

열이 난다는 아이를 보고서도 본인은 2시간만 낚시를 하고 오 겠다며 장비를 챙겨들고 밖으로 나갔다. 그러고는 새벽 3시가 넘어서야 돌아왔다. 그사이 아들의 열은 다행히도 잡혔고 온몸 에 식은땀을 흘리며 새근새근 잠들었다. 젖은 몸과 머리를 마른 수건으로 닦아주며 안도의 한숨을 쉬었다.

"2시간만 다녀온다더니 5시간이나 지났어."

"음… 일찍 오려고 했는데 옆에 아저씨가 낚시하는 방법 알려 주셨어."

이거 봐봐 하며 내가 2마리나 잡았다고 낚시 성공의 기쁨을, 손맛의 짜릿함을 떠들어댄다.

"쉿! 조용히 좀 해. 아들 겨우 열 내리고 잠들었어."

나는 방으로 들어왔다. 이제 잠을 자야지 하는데….

주방이 시끄럽다. 새벽에 돌아온 것도 화가 나는데 조용히 잠 은 안 자고 달그락달그락 시끄럽게 뭔가를 만들고 있다.

"내가 이걸로 당신이 좋아하는 매운탕 끓여 줄게. 맛있겠지?"

"이 시간에? 아니 괜찮아 그냥 잠이나 자."

본인이 잡아온 생선을 손질해서 매운탕을 끓여 주시겠단다. 새벽 4시에 말이다. 그렇게 한참을 달그락거리며 날선 나의 신경을 건들다가, 매운탕 한 냄비를 끓여놓고 신랑은 기분 좋게 잠들었다. 오늘의 만족스러운 낚시와 아내를 위한 매운탕을 끓였다는 뿌듯함을 안고서.

가스레인지 위에 있는 매운탕 냄비를 그대로 집어 들고 싱크대 배수구에 쏟아붓고 싶은 심정이다.

밤새 열나는 아이와 씨름하고 있을 아내에 대한 안쓰러움은 없던 걸까?

부부가 같이 있다고 아이의 열이 바로 내려가는 것은 아니지만, 함께 밤을 지새우며 아이의 안전을 지켜봐 줄 생각은 할 수 없었을까?

늦은 새벽에 돌아왔으면 최대한 조용히 해 줄 수는 없었을까?

여태 잠 못 잔 아내가 이제부터라도 맘 놓고 쉴 수 있게 배려해 줄 생각은 안 들까?

오로지 본인이 하고 싶고, 해야 한다고 생각한 일은 지금 바로 당장 해야만 하는 그의 이상한 심리 때문에 피해 보는 것은 온전히 나의 몫이 된다.

배려는 말이지, 상대방이 원하는 것을 관심 있게 관찰해서 할 수 있게 해주거나, 싫어하는 것을 피할 수 있게 도와주는 것이다. 본인이 원하는 것을 일방적으로 해주고 '너를 위해 내가 한 거야.'라고 말하는 뻔뻔한 신랑 놈 덕분에 나의 분노 게이지는 오늘 아침 해가 뜨기도 전에 다 채워지고 말았다.

마음으로 생각만 하고 상대를 위해 행동하지 않는 너란 남자.
배려로 위장한, 너를 지키기 위한 방패.

지나친 배려는 자신을 힘들게 하지만, 방패가 돼버린 배려는 상대를 아프게 한다.

거실은 침대가 아닙니다

신랑은 밥을 먹고 눕는다. 아니, 밥을 먹기 전에도 눕는다.

함께 있으면 앉아서 마주 보고 있는 시간보다 누워있는 신랑을 마주할 때가 더 많다. 몸이 피곤해서 그럴 수 있다고 생각은 한다. 그러나, 누워 있는 장소가가 어디냐에 따라 이해하는 나의 태도는 달라진다.

아들은 밥을 늦게 먹는 편이다. 같이 밥을 차려줘도 본인 밥과 반찬이 식을 때까지 기다리면서 10분 이상 쓴다. 밥을 씹어서 삼키는데도 남들보다 3배는 더 걸린다. 심지어 먹기 싫을 때는 밥을 입에 물고 씹지도, 삼키지도 않는다. 시간만 애석하게 흘려

보낸다. 언제나 신랑이 가장 먼저 식사를 마치고, 나는 아들 옆에서 그릇이 비워질 때까지 지키고 앉아 있다.

우리 가족의 식사 시간은 1시간을 훌쩍 넘기고 만다.

"꼭꼭 씹어서 꿀꺽 삼켜야 밥이 넘어가지. 언제까지 먹을 거야? 밤샐 거야?"

밥을 먹지도 않는 아이 옆에서 가만히 지켜보는 것은 매우 곤혹스러운 일이다.

식사를 마친 신랑에게 식곤증이 찾아왔다. 퇴근하고 저녁식사 전까지 여태 누워있었음에도 포만감을 가득 채운 몸은 나른해져서 다시 눕고 싶게 만든 것이다.

"배부르니 기분이 좋다."

신랑이 누웠다. 그것도 아이가 밥을 먹고 있는 바로 앞에서.

맙소사!

여기서 간단히 우리 집 구조를 설명하자면, 주방이 좁아서 거실에 식탁을 두었다. 거실에는 미닫이문으로 된 방이 하나 있는데 문을 제거해서 거실과 방이 하나의 공간이 되었다. 그 곳에는 바닥 매트와 폭신한 이불이 상시 깔려있다. 신랑은 식사를 끝내고 식탁에서 일어나 3발자국 걸어서 다다른 그곳에 벌러덩 누워 버린 것이다.

"당장 안 일어나!"

마음의 소리가 먼저 외치고 있었으나, 버럭 소리치고 싶은 충동을 억누르고 신랑에게 다가가서 정중하게 부탁했다.

"아들이 밥을 먹는 동안은 눕지 말자. 정 눕고 싶으면 시야에서 안 보이는 방으로 가. 침대에서 편하게 누워 쉬어. 누운 사람 앞에서 밥을 먹는 건 제사상밖에 없잖아."

본인 편하자고 아무 곳에서나 누워 있는 행동은 앞에서 밥 먹는 사람에 대한 예의가 아니지 않은가? 그런데 돌아온 대답은,

"응. 다음부터 할게."

언제나 그런다. 뭐든 지금 바로가 아니고 다음으로 미룬다. 본인이 하고자 하는 일은 지체하지 않고 즉각 행동으로 옮기면서 내가 부탁하는 일은 행동하기 전에 생각을 참 많이 한다. 문제라고 인지했으면 지금 바로 행동을 수정해야 하는 거 아닌가?

바라보고 있는 나는 답답하고 화가 난다.

마음의 소리가 다시 불쑥 튀어 나오려고 하는 입을 두 어금니로 꽉 깨물어 막고, 한 번 더 재촉한다.

"지금 바로 해요!"

그제야 못 이기는 척 얼굴에 짜증스러움을 가득 실은 채, 엉덩이는 바닥에 그대로 붙이고 등짝만 스르륵 올라와 한 쪽 벽에 등을 기대고 앉는다. 앉는 척을 했다는 게 더 정확한 표현일 듯하다. 아들이 겨우겨우 밥을 다 먹자 해파리가 녹아 흘러내리듯이 미끄러져 내려가 등짝과 바닥이 맞닿는다. 그렇게 신랑은 다시 누워서 맞이하는 평화로운 시간을 되찾았다.

화를 내지 않기 위해 참았다. 나쁜 에너지의 발산은 결국 나만 힘들게 한다는 것을 알기에. 고된 하루를 마치고 돌아온 신랑의 평화로운 휴식 시간을 망치고 싶지 않아서 두 번 참았다. 필터링 없이 나오려는 마음의 소리도 입을 틀어막아 방어했다. 나의 이런 노력에도 불구하고 궁여지책으로 상황을 모면하려는 신랑의 행동에 기가 차다.

이 망할 놈의 인간!

설마 나도 페미니스트였나

저녁 메뉴선택 – 장 보기 – 재료 다듬기 – 요리하기 – 상 차리기 – 상 치우기 – 설거지하기 – 싱크대 주변 정리하기 – 식탁 위, 아래 정돈하기

저녁 메뉴를 고르고 밥을 짓고 밥상을 차린다.

단지 한 끼 식사를 해결하기 위한 일련의 과정들이 이렇게 세세하게 많을 줄은 결혼 전엔 상상도 못했다. 아니, 알려고 하지 않았다. 굳이 알 필요도 없었으니까.

결혼 후, 외식의 비중도 많아졌지만 대부분의 저녁식사 준비

는 내가 하고 있다. 그렇게 매일 반복적으로 차려지는 저녁 밥상을 보고 신랑은 딱히 고마움을 표현하지 않는다. 나 역시도 고마움을 강요하거나 칭찬을 바라며 하는 일은 아니다. 그저 내가 할 일인가 보다 생각하며 그렇게 해왔다.

그러던 어느 날, 무슨 바람이 불었는지 신랑이 오늘 저녁밥은 직접 챙겨 보겠다며 뚝딱 뚝딱 요리를 하고 제법 그럴듯하게 음식을 차려낸다. 그리고 그 끝에 이렇게 말한다.

"나 잘했지? 칭찬해 줘."

"응 그래, 대단한데 잘했네. 맛있다."

그러나, 이 상황이 매우 불편했다.

칭찬, 그래 할 수도 있지. 하루 종일 고생한 힘든 몸으로 쉬지 않고 요리까지 했으니까.

그런데….

당신은 나에게 항상 고맙다고 합니까?

마음속의 예민이가 불쑥 나와 반문한다.

식사를 마치면 벌떡 일어나 그 자리를 피해버리는 사람.

"밥은 당신이 했으니 설거지는 내가 할게요."

이런 말에도 인색한 사람.

간혹 설거지라도 한 번 하면 엄청난 생색을 내야만 하는 사람.

"내가 너를 위해 한 거야! 고맙지?"

내가 하면 당연한 일, 네가 하면 생색내고 인정받고 칭찬받아야 하는 일이 되어버린 것 앞에서 나는 또 예민해지고 말았다.

아내가 되고 엄마라는 타이틀을 얻으면서 내가 원하지 않았지만, 나도 모르게 당연한 듯 나의 일이 되어버린 집안일 리스트가 가득하다. 요리뿐만 아니라 설거지, 싱크대 정돈, 빨래, 건조기 돌리기, 세탁조 청소, 옷장 정리, 청소기 돌리기, 욕실 청소, 쓰레기 분리 등등 세세하게 나열할 수 없는 수많은 집안일들. 각종 가구와 물건에 쌓인 먼지를 제거하고 치우는 일. 계절이 바뀌면 지난여름용품을 씻고 말려서 잘 정리하여 창고에 보관하고, 겨울을 대비하는 아이템들을 찾아 쓰기 좋게 준비하는 일. 집안에서 이루어지는 모든 일 하나하나 나의 손길을 거쳐야 완성된다.

나 혼자 살았다면 한 번으로 쉽게 끝날 일도 사람이 3명이라 2배, 3배로 신경을 써야 하고 그만큼 해야 할 일도 많아졌다.

몇 배로 바삐 움직여가며 했지만, 티 안 나는 잡일 말이다.

여태 뭘 한 거야?

손가락이 저려오고 팔목이 시큰하다.

이건 뭐지?

순간적으로 발화한 분노를 진정시키고 나의 예민함에 깊이 들어가 보았다. 그러면서 생각했다. '페미니스트'라는 단어에 대하여.

대한민국의 '결혼'이라는 관습에 무의식적으로 길들여진 채 성장한 이유로 신랑과 나는, '엄마'는 집안일과 육아를 담당하고 다 해내는 사람, '아빠'는 돈 벌어서 가정의 경제력을 책임지는 사람이라고 의식이 굳어진 모양이다.

아들에게 마스크 끈을 하나 골라보라고 했을 때, 아들은 요즘 친구들 사이에 인기 많은 하트핑 캐릭터가 달린 핑크색 마스크 끈을 사겠다고 한다.

"여기 파란색이나 초록색도 있는데, 아니 노란색도 예쁘네."

굳이 맘에 드는 것을 고른 아이한테 핑크만 아니면 된다는 식으로 계속 다른 것을 권유하고 있다.

"왜 넌 꼭 핑크색만 고집하는 거야?"

의식적으로 남자아이에게 핑크색을 멀리하게 하는 나의 모습을 보았다. 얼굴이 하얀 편이라 밝은 계열이 잘 어울리고 핑크가 잘 어울리는 걸 알면서도 말이다.

'젠더'에 대하여, 성별에 따른 역할과 성 정체성(남성다움, 여성다움)에 대하여 나는 얼마나 자유로울 수 있을까?

내가 매일 했으니 나한테 무조건 고마워하라며 내 멋대로 우기고 싶은 것이 아니다. 그저 너의 일 나의 일이 구분되지 않고, 원래는 너와 내가 함께 해야 할 일이라는 인식을 했으면 하는 것이다. 각자가 조금 더 잘하는 일을 먼저 맡아서 하고, 상대방이 어렵고 힘들어하는 일을 덜어줘서 서로에게 고마움을 느끼는 상황이 많아지길 바란다.

나는 밖에서 일하니까 나의 모든 의무를 다하고 왔으니 집에 돌아와서는 아무것도 하지 않아도 된다는 가부장적인 관습에서 부디 빨리 깨어나 주길 기대한다.

너는 너의 일터인 회사에서, 나는 나의 일터인 가정에서 각자의 일을 마치고 만났으니 이 순간부터 발생하는 모든 가사와 육아는 함께 하고, 함께 가꿔 나가는 즐거운 나의 집이 만들어지길 간절히 원한다.

집안에서의 평등적 가치가 제대로 잡혀야 사회에 나가서도 '남녀평등'에 대하여 목소리 높여 자신 있게 이야기할 수 있지 않을까.

착각

엄마가 빨래를 해준다
엄마가 밥을 해준다

엄마가 설거지를 해준다
엄마가 내 방 청소를 해준다

엄마의 희생이 당연한 듯
그렇게 살아왔다

너도 그랬고
나도 그랬다

네가 하지 않던 건
나도 하지 않았다

결혼했단 이유로

아내와 엄마라는 이름을 얻었다는 이유로

모든 것이 내가 감당해야 할 당연한 내 일은 아니잖아

네가 싫은 것은

나도 싫다

착각하지 마라

나는 네 엄마가 아니다.

비출산주의를 선포 합니다

호랑이는 죽어서 가죽을 남긴다

虎死留皮 (호사유피) - 호랑이는 죽어서 가죽을 남긴다.

호랑이는 혼자 살다가 혼자 죽는다. 그 외로운 죽음의 끝에 남은 건 고작 껍질일 뿐이라는 슬픈 뜻이 담긴 건 아닐까?

매일 밤, 잠들기 전 아들과 3권의 책을 읽는다.

하루는 《함께 사는 사자》《혼자 사는 호랑이》《펭귄이 자랐어》라는 제목의 책을 골라서 침실로 가지고 왔다. 이미 수십 번은 더 읽었던 사자, 호랑이, 펭귄의 이야기인데 이날따라 유난히 호랑이의 삶이 머릿속에서 계속 맴돌았다. 호랑이에 대한 책을 읽는 내내 생각했다.

아! 이 호랑이, '엄마'라는 이름의 사람과 너무 닮았다.

혼자 사는 동물로 알려진 호랑이지만 그들도 성인이 되고 맘에 드는 상대를 만나면 짝짓기를 한다.

종족 번식을 위한 동물의 본능이겠지.

짝을 이룬 동물은 암컷과 수컷이 함께 보금자리를 만들고 새끼를 낳아서 보살피며 지낸다. 우리 사람들도 그렇게 살고 있지 않은가? 완벽하게 혼자 살거나, 누군가와 함께 한 집에서 살거나. 짝을 만나고 새끼를 낳아서 엄마가 된 호랑이는, 당연히 그들의 가족과 함께 오래오래 살다가 할머니 호랑이가 되어 죽을 줄 알았다. 하지만 내 예상은 빗나갔다. 엄마가 된 호랑이지만 여전히 혼자 사는 호랑이라며 마침표를 찍는다.

"아니, 왜?"

새끼 호랑이는 태어나서 7개월이 지나면 사냥을 시작하고, 2년이 되면 스스로 독립하여 떠난다. 태어나서 딱 2년 동안 엄마 호랑이와 함께 살면서 사냥을 배우고 스스로 살아가는 방법을 습득한다.

성장한 새끼 호랑이가 떠나면, 엄마 호랑이는 다시 혼자가 된다. 잠시 엄마가 되어 새끼의 성장과 독립을 도울 뿐, 결국 자신의 모습으로 돌아가 남은 생을 홀로 마감한다.

호랑이의 평균 수명은 11년. 야생에 살면 15년, 동물원 같은 우리 안에 살면 20년 정도 산다는데, 이런 호랑이가 엄마가 되어 새끼를 돌보는 시간은 2년이다.

15년 중에 2년의 시간. 즉, 삶의 1/5을 새끼를 성장시키기 위한 시간으로 쓰고 있는 것이다.

인간의 평균수명이 100세라고 가정하고, 한 아이가 성인이 되기까지 20년이라고 한다면, 사람도 인생의 1/5을 엄마라는 이름으로 살다가 다시 내가 되어 남은 인생을 마감한다.

인간 엄마와 호랑이 엄마는 너무도 닮았다.

단독 생활을 즐기며, 자신의 세력권을 침해받는 것을 싫어하는 특성을 가진 동물로 혼자 살아야만 하는 호랑이. 그녀가 새끼 호랑이의 독립을 돕기 위해서 혼자만의 평온한 삶을 잠시 희생하여 함께하는 공동체를 선택했다.

과연 저 호랑이는 자신이 선택한 그 시간이 행복했을까? 철저하게 혼자 이어야 하는 인생에 불청객이 나타난 것 같은 당황스러움은 없었을까? 문득 도망치고 싶거나 포기하고 싶지는 않았을까? 엄마 호랑이에게 물어보고 싶은 게 참 많은 밤이다.

나는 갑작스럽게 엄마가 되었다.

어떠한 기대도 준비도 되어 있지 않은 상태에서 인생의 불청객처럼 그렇게 아이는 나에게 찾아왔다. 첫 만남의 설렘도, 기쁨도, 그 순간에는 존재하지 않았다. 당혹스러움과 혼란함이 가득했다. 내가 나로 아닌 엄마의 이름으로 살아야 함을 받아들이고 인정하기까지 오랜 시간이 필요했다.

그때, 호랑이 엄마를 만났다면 어땠을까?

나의 등을 토닥여주며 위로해 줄까?

'너의 인생 전부를 내어 주는 게 아니라, 잠시 저 작은 아이를 위해 너의 경험과 능력을 조금 빌려주는 시간이라 생각하자.

코끼리도 육아는 처음입니다

지금 저 아이에게는 내가 가장 필요해. 너는 아이의 우주야!

아마도 이렇게 나를 달래줄 것이다.

나는 오늘 밤도 아들과 동화책을 읽는다.

2년을 희생한 호랑이의 심정을 헤아리며, 내 인생이 도난당했

다는 억울한 생각을 꾹꾹 눌러본다.

내가 이 아이의 우주라는 뿌듯함을 안고, 부디 나의 아이가 밤

하늘의 반짝이는 별처럼 아름답게 성장하길 바라는 마음을 목소

리에 가득 담아 책장을 넘긴다.

아기 코끼리는 땐
속으로 몸을 던진다. 온
모습을 지켜보는 엄마 코
당황스러운 표정으로 그 잔
진정될 때까지 기다린다. 지구
육아에 있어서는 한없이 작아지ᄂ

하루의 시작과 끝을 아이와 함께하ᄂ
느 날, 더위를 피해 심심해하는 어린 알
을 보러 나갔다.

마트에 따라온 아이가 장난감 코너 앞에서 한참을 서성인다.

아차! 싶었다.

동선의 흐름을 잘 계산해서 빠르게 피해 갔어야 하는데, 장 보는 품목에 집중하느라 방심한 사이에 너무 빨리 장난감 코너를 지나고야 말았다.

"엄마, 엄마!

애타게 부르는 아들의 목소리.

"응!"

목소리에 다정함을 첨부하여 대답한다.

이건 이렇게 저렇게 팔과 다리를 구부리고 돌려서 로봇으로 변신하고, 다시 돌리고 돌려서 자동차로 변신도 한단다. 내가 알고 싶지도 않은 저 장난감의 사용방법을 너무 상세히 설명해준다. 글도 모르는 아이가 어디서 어떻게 알았을까?

"이거 하나 사면 안 될까요?"

"응. 안돼!"

단호한 엄마의 대답 앞에서 '헬로 카봇'은 왜 안 되냐며, 이거 안 사주면 안 가겠다고 마트 바닥에 주저앉아 저것 좀 사달라고 떼를 쓰기 시작한다.

고열이 온몸(

고온

밤새 내린 사원한 비

지난밤 타들어갈 듯한

더 붉게 타오르는 열

순식간에 만개했다가

흔적 없이 사라진다.

"오늘은 장난감 사러 온 거 아니야. 그냥 가야 해."

듣지도 않는 아이에게 상황을 설명해 보지만, 역시나 전혀 통하지 않는다.

"당장 안 일어나면 엄마 혼자서 집에 갈 거야."

으름장을 놓으며 아이에게 등을 돌려 다른 코너로 발길을 빠르게 돌려본다.

하지만, 아이는 여전히 그 자리 그대로 마치 망부석이 된 듯, 입술은 코끼리 코만큼 내밀고 두 발을 바둥바둥하며 지속적인 장난감 획득을 위한 시위를 한다. 애써 그런 모습을 외면하며 자리를 피해 보지만, 혹여나 장 보고 있는 다른 사람들에게 손해를 끼치진 않을까, 또 다른 사고를 치지는 않을까 염려가 되어 시야에서 완벽히 벗어나지도 못한다. 한참을 조용히 지켜보다가 화가 조금 누그러졌을 때, 아들을 다시 어르고 달랜다.

"칭찬 스티커 다 모으면 꼭 다시 와서 사 줄게."

약속을 하고 당황스러웠던 그 순간을 겨우 빠져나왔다.

집으로 돌아가는 차 안에서 다시는 마트에 데려오지 않겠노라 다짐한다.

엄마 코끼리가 진흙탕 속에 몸을 던져 바둥거리는 화난 아기 코끼리를 보는 심정이 이랬을까? 거울로 보지는 않았지만, 그 순간 마트에서 내 표정이 엄마 코끼리의 당황한 표정과 같았겠다고 생각하며, 코끼리에게 육아 동질감을 느낀다.

진흙탕 속에 얼굴을 파묻은 코끼리 한 마리와 그 옆에서 지켜보고 있는 엄마 코끼리의 옆모습이 찍힌 사진 한 장을 바라보며, 사진 속의 엄마 코끼리에게 조용히 위로의 말을 건네본다.

엄마 코끼리, 당신도 엄청 당황스러운 표정이네요.

'저걸 어쩌나. 죽일까 살릴까? 그냥 두고 가버릴까?' 하면서도 차마 떨어지지 않는 무거운 발걸음. 한순간도 시야 밖으로 떼지 못하는 눈빛. 저는 이해해요.

오늘도 나의 아이는 자기 뜻대로 되지 않는다고 화내며 또 다른 진흙탕 속으로 온몸을 던지겠지? 자기 좀 봐달라고. 하고 싶은 걸 무조건 하게 해달라고. 엄마인 나를 난처하게 하고 안절부절못하게 만들지도 몰라. 그래도 당황하지 말자!

어제보다 오늘, 아이만의 진흙탕 속에서 1분이라도 더 빨리 빠져나오길 믿으며 조용히 지켜보자. 육아가 처음인 내가 완벽하게 할 수 있는 건 없는 거 같아. 그저 잘 기다려 줄 뿐.

내리사랑은 있어도 치사랑은 없다

3살은 3분에 1번씩 엄마를 부르는 나이라고 한다.

(하버드대학에서 엄마와 만 2세 아이 90쌍을 관찰한 결과, 아이들은 평균적으로 3분마다 엄마에게 요구했다는 연구가 있다.)

2021년, 4살이 된 아들은 그나마 1분을 참는 여유를 가지고 4분마다 엄마를 호출하겠구나. 허허허! 너털웃음이 절로 났다. 하루 60분의 휴식시간이 생긴 것에 대해 위안을 삼으며 오늘의 육아 전쟁에 뛰어든다.

장을 보러 동네 마트에 갔다.

그날 먹을 저녁 반찬과 간식을 사서 돌아 나오는 길,

"엄마, 잠깐만 멈춰봐요!"

아들의 호출에 발길을 멈췄다.

밤을 사달라고 한다. 선반에 수북이 쌓인 밤을 한 봉지 가득 담아 집으로 돌아왔다.

저녁을 먹고 밤을 삶았다.

밤을 먹겠다고 신난 아들.

마음 같아서는 잘 익은 밤과 숟가락 하나를 한 손에 살포시 쥐여주고 식탁 주위를 얼른 떠나고 싶었다.

"밤은 입으로 한입 물어서 반으로 쪼갠 다음에 숟가락으로 이렇게 조금씩 퍼먹는 거야."

내 이야기가 앞에 앉은 아이에게 들리지 않는다. 아들은, 어미새가 물어 온 먹이를 먹기 위해 '짹짹'거리며 입 벌리고 있는 아기 새의 입모양을 하고, 영화 슈렉에 나오는 장화 신은 고양이처럼 '초롱초롱' 간절한 눈동자로 나를 쳐다보고 있다.

"엄마, 아~."

입을 더 크게 벌린다.

칼로 밤 껍질을 깎았다. 삶았음에도 단단한 껍질을 서툰 칼질로 벗겨내려고 하니 손에 힘이 잔뜩 들어가 깎을수록 팔목이 아파졌다. 그래도 오물오물 받아먹는 아들을 위해 10개를 더 깎았다.

그때 문득 내 어린 시절이 떠올랐다.

30여 년 전 아들의 자리에 내가 있었다.

엄마는 자신의 입에 들어갈 밤도 아닌데 계속해서 밤을 깎고, 또 깎았다. 뽀얀 속살을 드러내기 바쁘게 내 입속에 하나씩 계속 넣어 주셨다. 나는 그저 받아먹기 바빴다. 맛있었다. 엄청 달콤했다. 따뜻한 온기도 살짝 남아 있었다. 그 온기가 삶아진 밤의 온기 인지, 엄마의 따뜻한 손길의 온기였는지, 그 기억이 지금은 아련하다.

그때의 나는 지금 나의 아들보다는 더 컸다. 스스로 밥도 먹고 젓가락질도 할 수 있었으니 분명 혼자서도 밤을 숟가락으로 충분히 퍼먹었을 텐데….

부서진 밤보다, 밤 하나가 온전한 형태를 유지한 채 입속에 들어와 오물오물 씹히는 게 좋았다. 그래서 나는 더 많이 까달라고 졸랐다.

생각해 보면 한 번도 누군가를 위해 밤을 깎아본 적이 없다.

이 단단한 걸 칼로 도려내서 먹어야 함을 매우 귀찮게 여겼고 그 귀찮음을 옆에서 묵묵히 엄마가 해결해 주셨다.

아! 엄마도 지금 나처럼 팔목이 참 아팠겠다.

열심히 깐 건 나인데, 정작 나는 하나도 먹지 않았다. 아들 입 속에 계속 넣어주고 있는 내 모습에 살짝 당황스럽다. 쓸쓸한 마음을 뒤로하고 나머지 밤을 깠았다.

이런 마음이 바로 '내리사랑'이라는 걸까?
엄마는 나에게, 나는 나의 아들에게.
나는 엄마에게 받았지만 돌려주는 건 엄마가 아닌 다른 사람이 되는, 이 설명 안 되는 배움 망측한 마음.

'내리사랑'이라는 말, 참 얄밉다.

잠시 빌려 온 워킹맘의 마음

백세시대. 내 나이 마흔.

(세상 일에 정신을 빼앗겨 판단을 흐리는 일이 없는 나이_불혹.)

인생의 반백년 가까이를 살고 있는 지금. 나의 직업은 '건축 디자이너'이며, 한 남자의 아내와 5살 아들의 엄마로서, 가사와 육아를 전업으로 하는 '주부'라는 직업을 가지고 있다.

우리는 살아가면서 적어도 3개 이상의 직업을 갖게 될 것이라는 강연을 들은 기억이 있다. 어디서 누구에게 어떤 경로로 듣게 된 것인지는 정확히 떠오르지 않지만, 최소 3개 이상의 직업 소유라는 그 이야기만은 생생히 기억한다.

내 나이 마흔이 될 때까지 2개의 직업군을 경험했다.

그렇다면 나는 또 어떤 직업을 가지고 살게 될까?

삶이 조금 무료해지고 엄마라는 일이 능숙할 만큼 익숙해지고 있을 때, 새로운 설렘에 목말랐다. 아니, 간절히 필요했다.

매일 반복되는 일상에 지쳐 있었고 '나'라는 사람의 존재가 '엄마'라는 이름에 가려져서 점점 흐릿해지는 기분에 하루하루가 슬펐다. 그래서 여러 경로를 통해 다양한 강의를 찾아보았다. 마침 고용보험에서 주관하는 '국민내일배움카드'라는 좋은 제도를 알게 되었고, 바리스타 공부를 시작했다.

일상에서 쉽게 접할 수 있고, 맛과 향이 다양하며, 자주 즐기고 있는 것을 찾다 보니, 매일 한 잔씩 마시고 있는 커피가 보였다. 조금 더 자세히 알고 마시면 커피를 마시는 시간이 더 풍요로워지지 않을까라는 생각으로 수강 신청을 했다.

갑작스럽게 바빠진 오전, 아들을 8시에 어린이집에 보내고 9시까지 늦지 않게 학원에 도착하는 게 하루의 가장 큰 미션이 되었다. 미혼으로 일만 하던 시절엔 당연했고, 어려움 없었던 9시 출근이 생각만큼 쉽지 않았다. 어떤 날은 일찍 일어난 아들과 기분 좋게 현관문을 나섰지만, 어떤 날은 왜 나를 일찍 깨우냐는 아들의 짜증과 억울함을 받아내며 실랑이를 하느라 시간만 야속하게 흘러 보내야 했다. 겨우 달래어 어린이집에 던지 듯 들여보내고 서둘러 출발했지만 5분, 10분 늦게 들어가는 날이 많았다.

"늦어서 죄송합니다."

수업 중에 들어가야 하는 민망함과 수강생들의 집중력을 방해한 미안함에 매일 아침이 즐겁지만은 않았다. 즐겁기 위해 시작한 수업이 나를 더 힘들게 하는 상황을 겪으며, 어린아이를 보육시설에 맡기고 매일 아침 9시까지 출근해야 하는 워킹맘의 애타는 마음이 조금이나마 헤아려졌다.

그때는 몰랐지만 지금은 알 수 있는 것들.

싱글 땐 알 수 없었고, 알고 싶지도 않았던, 워킹맘의 고된 아침 풍경이 새삼 안쓰럽고 속상하다.

2013년 가을, 내가 다니던 회사에는 일 잘하고 친절한 여자 경리 과장님이 계셨다. 그때 그분은 초등학생 딸과 6살 아들을 키우고 있었다. 과장님이 사진으로 보여주는 아이들의 모습은 언제나 해맑고 귀여웠다. 그렇게 예쁜 아이들이 자주도 아팠다. 두 아이가 번갈아 가면서 감기도 걸리고 장염도 걸리고, 다양한 이유로 과장님은 지각하는 날이 많아졌다. 갑작스럽게 걸려온 전화에 자주 반차를 쓰고 회사에서 사라지셨다. 그렇게 본인의 자리를 빈번하게 비운 과장님은 1년도 채우지 못하고 일을 그만 두셨다. 갑작스럽게 퇴사한 과장님을 그땐 정말 책임감 없다고, 성실하지 못하다고 탓했다. 생각해 보면 그 과장님도 많이 미안 해하고 민망해하셨는데, 매일 매 순간이 외줄타기를 하는 광대 처럼 애타고 불안했을 텐데, 나는 위로는커녕 그 마음을 헤아려 보려 하지도 않았다. '역지사지'라고 워킹맘의 심정은 엄마라는 입장이 되어서야 비로소 알 수 있는 마음이었나 보다.

"과장님, 그땐 죄송했어요."

90일 동안의 바리스타 교육은 허무할 만큼 일찍 끝났다. 수업 마지막 날에 학원에서 시험을 치렀고 '바리스타 2급 자격증'을 취득했다. 왠지 민망하고 아쉬운 자격증이다.

기대 가득했던 설렘의 시간은 '아직은 사회생활 시작할 때가 아니야!'라는 쓰디쓴 교훈만 남긴 채 끝이 났다.

2분에 한 번씩 나를 찾는 남자

"엄마!"

나의 아이가 처음으로 나를 불러 주었을 때, 말을 시작했다는 흥분과 감동은 이루 말할 수 없다. 너무나도 감격스러웠다.

내가 이 아이의 진짜 우주가 되었음을 인정받는 기분이었다.

"그래, 아가야! 내가 엄마야."

세상 상냥한 말투로 아들의 반짝이는 두 눈을 흐뭇하게 바라보며 엄마라는 말에 즉각 응답해 주었다.

그래, 그랬던 적도 있다. 감동과 가슴 벅찬 울림이 있었으며,

듣고 또 들어도 마냥 좋았다.

그렇게 세월이 흘러 5살이 된 아들은, 또래보다 유난히 언어 습득이 빨랐다. 대화가 잘 통하니 좋다고 생각했다. 이제 내 말을 잘 알아듣고 말로 자기 생각과 기분을 표현할 줄 아니까 육아가 조금은 수월해지겠다고 기대했다.

하지만 그건 엄청난 착각이었다.

"엄마, 잠깐만요! 내 말 좀 들어봐요."

시도 때도 없이 해야 할 말이 넘쳐나고, 조금이라도 궁금한 것이 생기면 질문을 던져서 즉시 대답을 들어야만 한다. 몇 초라도 내가 다른 일에 집중해서 이야기를 들어주지 않으면, 주변 상황 따위는 생각지도 않고 자신만 보라고 외친다.

"엄마, 엄마? 엄~마!"

하루에도 수십 번 그렇게 나를 소환한다.

아이의 질문에 답을 알려주고,

"왜요?"

되묻는 이유에 설명해 주느라 입이 바짝 마르고 단내가 난다.

엄마라고 부를 때마다 감동과 감격이 아니라 짜증과 분노로 대항한다.

아들아, 부탁인데 엄마라고 한 번만 불러라.

엄마라는 소리가 환청이 되어 아이가 없는 시간에도 계속 나를 따라다닌다. 샤워를 하다가 나를 부르는 소리가 들리는 거 같아서 물을 잠그고 욕실 밖 소리에 귀를 쫑긋 세운다. 청소기를 돌리다가도 멈춤 버튼을 자꾸 누르고 있다. 집안은 고요하다. 분명 집에 아이는 없는데 나를 부르는 소리가 계속 내 주변에서 맴돈다.

"싫어, 싫어. 듣기 싫어!"

양손을 들어 두 귀를 틀어막는다.

영화 〈박하사탕〉속 주인공 영호처럼, 자유로웠던 미혼의 그때를 회상하며 목청껏 외쳐본다.

절대 돌아가지 못할 것을 알면서도 말이다.

"나 다시 돌아갈래~~"

육아 번아웃 증후군입니다

내 주변에 항상 사람들이 있었다. 세상의 모든 감정을 공유하던 친구들. 함께 웃고, 울고, 화냈던 모든 순간. 언제나 공감해 주는 사람들로 가득했다. 결혼하고 독박 육아만 5년 차, 나에겐 지금 마음을 나눌 친구가 사라졌다.

아이가 없는 미혼인 친구들은 지금의 내 마음과 상황을 전혀 이해하지 못하고, 격하게 공감해 줄 친구들은 본인의 육아에 지쳐 내 이야기에 귀 기울여 줄 여유가 없다.

인스타그램 알고리즘을 통해 읽은 누군가가 남긴 이 짧은 문장이 지금 내 마음의 외로움과 허전함을 대변하고 있다.

출산 후부터 열렬히 애청하던 〈금쪽같은 내 새끼〉를 시청하는 나의 자세도 변했다. 언제부터인가 거슬리기 시작했다. 내 아이 하나 생지랄하는 거 보는 것도 힘든데, 그보다 더 한 아이의 투정과 난리 통을 지켜보는 게 너무 불편하다. 한때는 금쪽이가 왜 그러는지, 그럴 수밖에 없던 이유에 공감하고 이해했다. 아이의 상처가 치유되어 변화하는 과정을 지켜보는 게 즐겁고 보람되었던 시간도 있었다. 그런데 지금은 그런 아이의 말과 행동이 너무 거슬리고, 짜증 나고, 듣기 싫고, 피하고 싶다. 그래서 예전처럼 열심히 찾아보지 않는다. 애써 외면하는 중이다.

"내 육아는 내가 알아서 할게요."

아이는 혼자서 할 줄 아는 게 하나도 없다. 손 씻는 일, 화장실 가는 일, 밥 먹는 일, 옷 입는 일, 물을 떠서 마시는 일까지도 내 손을 거쳐야만 해결된다.

"엄마, 엄~마 똥 다 쌌어요."

"알았다. 엄마 지금 간다."

"똥꼬가 너무 아파요."

엉덩이를 내 코앞까지 들이 민다.

"하…."

모르고 지나가면 편했을 일들, 알고 싶지 않은 그런 수많은 상황이 내 앞에 펼쳐질 때마다 나는 지친다. 에너지가 없다.

소실되었다고 해야 하나?

충전기 없는 배터리 소모 현상. 방전 상태.

번아웃!

육아로 인한 과도한 에너지 방출이 나 스스로를 돌보고 아끼는데 쓰는 에너지를 없애고 있었다. 티끌 같은 잔류 에너지까지 사라지고 있는 느낌이다. 이대로는 내가 소멸할 것 같아서 뭔가 다른 자극으로 나를 깨워야겠다고 생각했다. 그래서 새로운 것을 찾았다. 내가 해왔던 일과 전혀 다른 일을.

제빵을 배운다. 빵을 만드는 기술을 배우고, 그곳에서 새로운 사람들을 만난다. '제과, 제빵 기능사'라는 새로운 시험에 도전도 해보았다. 제빵 시험에서 합격의 기쁨을 맛보았고, 제과 시험에서 불합격으로 실패의 아쉬움도 느껴보았다.

"다시 한 번 해보자!"

재도전의 패기도 살려봤고,

"또 하면 더 잘 할 수 있지."

자신감도 올려놨다. 그런데, 채워지지 않았다.

내가 채우고 싶은 에너지의 근원은 무엇일까?

어떤 종류의 에너지를 충족시키고 싶은 것일까?

나를 잊고 살아온 몇 년의 시간 동안 버려진 마음들, 포기하고 있던 나의 절실함은 무엇이었을까?

나는 다시 무기력하고 귀차니즘에 빠져버렸다.

해야 할 일을 자꾸 뒤로 미룬다.

아, 아무것도 안 하고 그냥 쉬고 싶다.

엄마가 되면서 포기하고 내려놓아야 하는 것이 많다는 것을 알지만, '나'라는 사람과 '엄마인 나'의 존재 사이에서 여전히 갈등하고 방황하는 모습을 자주 만난다. 답은 찾지도 못하고 이내 지쳐버린다. 육아가 처음이라서, 엄마가 처음이라서 그런 거라고 변명해 보지만, 난 아직 미성숙한 어른에 불과하다.

영화에서 육아론을 배운다

뉴욕의 음악교사인 주인공 '조'는 살면서 가장 원하고 기다렸던 꿈이 현실로 이루어지려는 바로 그때, 예기치 못한 사고를 당한다. 삶과 죽음의 갈림길에 선 조의 영혼. 죽은 영혼들이 모여 저세상 길로 가는 도중에 얼떨결에 죽음의 공간이 아닌, 태어나기 전 세상에 떨어진다. 그곳에는 어린 영혼들이 지구로 가기 위한 준비를 하고 있다. 그 안에서 절대 인간으로 태어나고 싶지 않은 영혼 22의 멘토가 되는 조. 어떻게 해서든 지구로 돌아가야 하는 자와 지구로 절대 가지 않으려는 두 영혼의 좌충우돌 이야기. 과연 조의 영혼은 지구로 다시 돌아갈 수 있을까?

때묻은 어른의 영혼과 순수한 아이의 영혼이 지구로 가는 모험 이야기를 다룬 영화. 디즈니 픽사의 애니메이션 〈소울〉이다.

(소울 soul, 2020)

아기 영혼들은 지구로 가는 통행증을 얻어야 태어날 수 있다. 여기서 중요한 건 '통행증'이다. 완벽하다는 증거로 불꽃 도장이 생겨야 지구로 가는 통행증이 주어진다. 모든 멘토는 완벽함을 증명하기 위해 어린 영혼들의 숨겨진 재능을 찾아내기 바빴고, 언제나 1등을 할 수 있는 특기를 발견하는데 혈안이 되어있다. 인생의 목적을 정해 놓고 그것에 맞게 훈련시키기도 했다. 그러나 불꽃은 '목적'이 아니었다. 인생을 살아갈 '준비'가 되면 저절로 생기는 것이었다. 이번 삶에서 내가 무엇을 잘 할지 찾는 것이 아니라 살아가는 그 순간순간을 온전히 즐기며 살아가는 것이 우리가 살아가는 인생의 진짜 이유라고 깨닫게 해준다.

'지금 이 순간이 행복하면 그게 찐~~ 인생이야.'

소소하고 따뜻한 영화였다. 태어나기 전 영혼들이 인간으로 태어나기 위한 준비과정을 주제로 하고 있었지만, 그 모습은 인간의 유년기 시절과 꼭 닮아 보였다. 나의 아이가 부모의 품을 떠나 스스로 독립 할 수 있도록, 잘 성장하기 위해 부모가 된 우리는 아이에게 무엇을 가르쳐 주고 알려 주어야 할까를 깊이 생각하게 만드는 영화였다. 대단한 능력을 가진 각각의 멘토들은 사실 아이들의 부모인 것이다.

'우리 아이는 커서 의사나 변호사같이 멋진 직업을 가졌으면 좋겠어.'

'우리 아이가 특출하고, 남달리 잘하는 게 있었으면 좋겠어. 빨리 찾아서 그 걸 키워주고 싶어.'

부모라는 이름의 사람들이 가지는 바람들.

이것을 충족 시키기 위한 방법을 빨리 찾아내는 게 우리의 할 일이라고 믿었다.

특정한 직업을, 특별한 장점만을 찾기 위해 노력해야하는 틀에 박힌 어른들의 낡은 시선을 과감히 깨트려 버린다. 그러면서 아주 쉽고 간단한, 가장 밑바닥에 깔려 있는 기본적인 삶의 이치를 들여다보게 한다. 인식하고는 있지만 행동하지 못해서 놓치고 살았던 인생의 진리를 깨닫게 해준다.

엄마표 수학, 엄마표 영어, 엄마표 과학, 세상에 존재하는 엄마표를 열심히도 찾았다. 하루라도 빨리 시작해야 한다고 생각했다. 한글을 빨리 깨우쳐야 하고, 숫자를 백까지 술술 읽어 낼 줄 알아야 하며, 이제 막 연필을 쥐기 시작한 아이한테 글씨를 잘 쓰라고 재촉했다. 간단한 영어 인사와 단어도 외우게 했다. 물론 여전히 외우지 못한다. 천 번, 만 번 알려줘도 언제나 "이게 뭐지?"로 되돌아온다.

이제 겨우 5살인 아이가 이 세상에서 낙오자가 될까 두려웠다. 받아들일 준비가 되어있지 않은 아이한테 너무 많은 지식을 채워 넣으려고만 했다. 엄마가 되면 그렇게 해야 한다고 생각했다. 누구보다 완벽한 아이를 키워내고 싶으니까. 하지만 그건 나의 엄청난 착각이고 실수였다.

부모는 아이 스스로 즐겁고 행복한 삶을 찾아갈 수 있도록 조력자가 되면 된다. 내 아이의 선택을 지지하고, 아이가 찾아가는 그 길을 같이 걸어주면, 아이는 자신의 불꽃을 찾아낼 것이다. 진심을 다해 믿어주는 것. 그것이 가장 중요하다.

나의 아들이 성인이 되어 내 품을 떠날 순간이 오면, 아들의 두 손을 꼬옥 잡고 이렇게 이야기해 주어야겠다.

"처음부터 완벽하려고 하지 마.

스스로 살아갈 준비가 되면, 너는 뭐든 다 할 수 있어."

그래도 살아야 합니다

시키면 다 합니다

로봇파크에 다녀온 적이 있다.

하나부터 열까지 알아서 척척! 해내는 로봇을 볼 때면 "우아!" 하는 감탄이 저절로 나온다. 입력된 설정대로 한 치의 오차도 실수도 없이 깔끔한 마무리로 해결을 한다. 우리 집에 한 대 모셔오고 싶은 이모님이다.

수요일, 분리수거하는 날.

매주 수요일과 토요일은 아파트 분리수거하는 날이다. 5년째 반복되는 일정이지만 그날을 기억하는 사람이 나뿐이라는 건 놀랍지도 않지.

매주 반복적인 일정인데 같이 사는 남자는 왜 그날을 기억하지 못할까?

외우기가 어려운 요일인가?

그냥 기억하기 싫은 것이겠지?

오늘만 모르는 척 넘어가면 다시 일주일을 버틸 수 있으니까?

꼬리에 꼬리를 물고 그의 행동과 생각에 의심과 불신을 가득 담으면, 그에 대한 분노와 화는 오로지 나의 몫이 된다. 정작 신랑은 알지 못한다. 나의 분노 원인을.

다른 건 몰라도 분리수거는 해달라고 신혼 초에 요청했다.

"쓰레기 분리수거는 신랑이 하기."

"콜! 더러운 쓰레기는 남자가 치워야지."

화목한 타협의 순간이었다.

분리수거, 일주일에 한 번 가지고 나가서 버리고 오면 되는 아주 간단한 집안일 아니겠는가? 모든 쓰레기를 종류별로 버리기 쉽게 따로따로 모아 두었다.

든다 → 가지고 나간다 → 분리수거장에 쏟아붓는다

이 세 가지만 하면 되는 일을 신랑은 어떻게든 피해보려고 온갖 핑계를 댄다.

"조금만 있다가."

"허리가 너무 아파서 좀 누웠다가."

"아, 오늘이 벌써 수요일이야? 토요일에 하자."

"뭐, 얼마 없네 수요일에 버리자."

그래, 한 번쯤은 넘겨도 괜찮다. 되도록 한 통 가득 모아서 한꺼번에 버리면 편하니까. 그 정도 융통성은 허용할 수 있다.

1주일에 한 번, 그러다 한 주 더 모아서 2주에 한 번, 그러다 또 버리는 날을 놓치면, 3주째 각종 플라스틱과 택배로 쌓인 종이박스, 음료와 맥주 캔들이 다용도실을 점령하고 만다. 그 광경을 바라보고 있는 나는 뒷목이 바짝 땡긴다.

"이것 좀 버. 리. 자. 고!"

'자기의 일은 스스로 하자. 알아서 척척척 스스로~' 하는 어린이도 있다는데 우리 집에는 그런 어린이보다 못한 어른이가 살고 있었다. 자기의 일을 자기의 일이라고 생각하지 않는 신랑이라는 사람.

깊은 심호흡을 10번 하고, 두 어금니를 꽉 물며 미소를 장착한다. 거실에서 뒹굴고 있는 아들과 신랑을 최대한 상냥하게 부른다.

"우리 분리수거하러 가자!"

엄마를 돕는 일에 재미를 들인 아들은 내 말에 쏜살같이 달려와 종이박스를 안고 현관으로 앞장선다.

"이건 내가 들고 갈게요."

그 뒤로 무거운 발걸음을 한 신랑이 나머지 쓰레기를 두 손 가득 들고 터덜터덜 밖으로 나간다.

미리 설정된 값으로 때가 되면 알아서 움직이는 척척 로봇이 모님은 없지만, 함께 하자고 할 일을 콕 찍어 시키면, 시키는 대로는 다 해주는 딱 그만큼만 잘하는 두 남자.

오늘도 나는, 그 둘과 함께 하루를 살아간다.

행복은 반드시 온다

아들과 도서관 가는 길.

인도 끝 화단에 형형색색의 화려한 꽃들이 피어있다.

"엄마, 이건 무슨 꽃이예요? 핸드폰으로 한 번 찾아봐요."

네이버 검색 카메라를 통해 사진을 찍으면 이름이 무엇인지
찾아주는 '스마트렌즈' 기능에 한참 재미를 들인 아들이 새로운
꽃을 보면 항상 시키는 일이다.

핸드폰을 열어 앱을 실행시킨다.

"이 꽃의 이름은 '프렌치 메리골드'라 불리는 '만수국'이래."

"꽃, 참 예쁘다."

색상도 다양하다며 이것도 저것도 자꾸 찍어서 확인해 보라고 한다.

"다 같은 꽃이야."

퉁명스럽게 말하면서도 습관처럼 계속 사진을 찍는다. 꽃송이 하나하나 확인을 마친 후, 도서관으로 들어갔다. 책 하나 반납하러 들어가는 길이 참으로 길구나.

책을 반납하고, 새로운 책을 빌려서 밖으로 나왔다.

"우리 조금 놀다 갈까요? 같이 놀아요."

아들이 나를 쳐다본다.

"그럴까?"

도서관 앞 넓은 잔디마당에서 아들과 손을 잡고 뛰었다.

"저기 봐요. 하늘에 양이 100마리 있는 거 같아."

"진짜 구름 신기하네."

하늘을 자세히 보려고 잔디밭에 벌러덩 누웠다.

아들이 깔깔대며 웃는다.

덩달아 나도 같이 웃었다.

이제 진짜 집에 가려고 하는데, 책 한 권만 읽고 가자며 아들이 나의 옷소매를 잡아끈다. 벤치에 앉아서 선선해진 가을바람을 등으로 맞대고, 멀리서 들려오는 새소리를 배경음악 삼아 아들과 함께 그림책을 펼친다. 아들이 나의 목소리에 집중하는 시간. 그 순간이 고요하고 평화롭다.

집에 돌아와서 오늘 만난 '만수국'의 꽃말에 대해 찾아보았다.

'반드시 오고야 말 행복'

예쁜 얼굴처럼 꽃말 또한 너무 사랑스럽다.

길에서 우연히 마주한 꽃이 전해주는 작은 희망의 메시지 덕분에 지친 하루를 버텨 낼 에너지를 조금 채워본다. 그리고 보니, 아주 잠깐 행복을 마주한 것 같은 오늘 하루다.

"행복해요!"

이런 말을 하는 날이 계속 많아졌으면 좋겠다.

행복

기다릴게

믿어볼게

반드시 오겠다는

너의 약속

알아볼게

반겨줄게

나를 찾아온

너의 미소

우리가 함께하면 그 어떤 세상도

두렵지 않을 거야.

그렇게 말해줘서 고마워요

신랑은 내가 하는 모든 활동에 시비를 걸지 않는다.

그게 무엇이든 내가 하고 싶어 하는 일에 언제나 'OK' 사인을 보내준다. 그리고 한 발 뒤에서 지켜보는 쪽을 선택한다. 참으로 고마운 행동이다. 돈은 안 벌고 돈 쓰는 일만 한다며 구시렁거릴 수도 있을 텐데, 모든 경제권을 넘겼으니 네가 알아서 잘하겠지 하고 전적으로 모든 결정을 나에게 일임한다. 그런 아량 속에서 뭔가를 시작할 때 오히려 눈치를 보는 쪽은 나다.

굳이 이것을 배워야 하겠니?

꼭 해야겠어?

누구도 하지 말라고 반대하지 않았고, 하면 안 된다고 하지도 않았지만, 스스로 수십 번을 반문하며 선택의 갈림길에서 다음으로 미룬다. 그러고 나서 꼭 후회도 한다. 포기하고 나면 언제나 원망의 타깃은 신랑이 된다.

너와 결혼했기 때문에 그렇다고!
나보다 먼저 보살펴야 할 어린 아들이 있기 때문에 그렇다고!

말도 안 되는 이유를 붙여가면서 나 스스로에게 화가 난 것을 가장 가까이 있는 신랑에게 모든 원망의 화살을 던져버린다.

"이. 나. 뿐. 놈. 아!"

자꾸 눈치 보는 내가 싫다.

나는 지금, 가장 중요한 육아와 가사를 전적으로 맡아서 하고 있다고 당당하게 말하면서도, 정작 여가 시간을 줄 때는, 벌어오는 돈도 없는 데 필요 없는 지출은 하지 말자며 나를 막아선다.

그 순간, 겨우 올려놓은 자존감이 바닥으로 떨어진다. 자존감이 지하 10층 밑으로 내려간 그때, 하고 싶은 마음은 간절하지만 여전히 계속 고민하고, 망설인다.

모니터 속 화면만 바라보며, 마우스를 오르락내리락 굴리고 있는 나에게 신랑이 다가온다.

"뭔데? 재미있겠네. 하고 싶어?"

"응!"

"그럼 해야지. 무조건 해. 난 찬성!"

말로나마 적극적으로 응원해 주는 신랑 덕분에 고민 따위 던져버리고 신청 버튼을 살포시 눌러본다.

신청 완료.

갑자기 기분이 좋아졌다.

이런 신랑의 바람잡이 역할 덕분에 결혼 후에도 많은 것을 배우고 다양한 활동을 했다. 바리스타, 제과, 제빵, 떡 만들기, 글쓰기 수업, 수영, 스페인어 강좌.

그 에너지로 가사와 육아로 지친 고된 하루를 버티고, 육아 우울증도 어렵지 않게 극복할 수 있었다.

무엇이든지 마음껏 배울 수 있게 지지해 주는 당신이 옆에 있어 정말 든든해. 이렇게 책을 만들 수 있도록 내 글의 원동력이 되어주어서 고마워.

신랑은 매일 욕만 하는 줄 알겠지만, 때론 이렇게 표현하지 못한 고마움도 품고 있지. 그 힘으로 하루를 버티며 산다.

역시나, 오늘 밤도 이혼의 꿈을 실현하지 못하겠구나.

(허허….)

음악 타임머신의 선물

산다는 건 ~ ♬

누구도 알 수 없는 것 ‒ ♪

'여행스케치' 4집 앨범 수록곡, 1994 〈산다는 건 다 그런 게 아니겠니〉

길을 가다가 말이지 나의 20~30대를 함께 보냈던 친구를 우연히 마주쳐 근황 토크를 한다면, 아마도 '여행스케치' 4집 앨범 수록곡 〈산다는 건 다 그런 게 아니겠니〉 가사처럼 놀라움을 금치 못하겠지.

"어머나 세상에! 독신만 고집하던 네가 나보다 먼저 시집갔을 줄이야!"

결혼도 했다는데 심지어 한 아이의 엄마가 되었다는 나의 모습에 한 번 더 놀랄지도 모르겠다. (허허….)

요즘 누군가의 글을 통해 음악 타임머신을 타고 과거로 한참 여행을 하고 오는데, 오늘은 '여행 스케치'의 〈산다는 건 다 그런 게 아니겠니〉 노래가 소환되어 따라왔다. 그 옛날에는 무슨 노래가 저러냐 하면서 무심히 듣고 지나쳤다.

"멜로디는 신나고 좋은데, 가사가 내 스타일은 아니다."

그런데, 지금 나의 모습에 찰떡 같이 어울리는 노래가 되어 다시 내 앞에 나타났다.

20대의 나는, 불혹이 되면 대한민국에서는 결혼 못 한 문제아 취급받아 노처녀 소리 들으며 살아갈 날들에 대한 걱정이 앞섰다. (오해하지 마시길, 나의 20대에는 지금처럼 결혼이 선택이고 그 선택을 존중하는 사회가 아닌 결혼은 필수인 사회였거든. 무슨 통과의례처럼 말이지.)

완벽한 '골드미스'를 희망하며 마흔에는 프랑스로 가서 새로운 삶을 살겠노라 막연한 꿈을 안고서 청춘을 보냈는데….

딱, 파리 에펠탑 앞에서 와인 한 잔 앞에 두고 프랑스 야경을 감상하며 낭만에 취해 있어야 할 내 나이 마흔에, 나는 지금 이불 속에서 이혼을 꿈꾸는 아줌마가 되고 말았다.

하루 23시간 50분을 분노와 화로 지내다가

"엄마가 세상에서 제일 좋아. 사랑해요."

아들이 고백하는 1분.

"여보가 제일 예쁘지."

신랑의 입에 발린 말에 못내 좋은 척속아가며 또 1분.

두 남자에게 현혹되어 감격과 감동과 설렘으로 나머지 10분을 간신히 채워서 하루를 마친다. 다시 밝아오는 내일을 반갑게 맞이할 에너지를 충전한다.

그래, 산다는 거 뭐 별거 없어.

비록 내가 바라고 원했던 완벽한 모습의 나는 아니지만, 살다 보니 이렇게 된 거 난들 어쩌겠어? 나만 그런 거 아니다 생각하며 위로해야지. 세상 사람들 다 비슷하게 살아. 후회도 하고, 울기도 하고, 그러다가 다시 웃기 위해 힘을 내는 거지.

이런 게 평범한 삶의 모습이라 위안하며, 나의 현실 부정을 '여행스케치'의 노래로 막아본다. 완벽한 방패막이는 못되었지만, 오늘 하루를 잘 버텨 낼 방어막 정도는 씌워주고 하루 종일 흥얼거리던 노래는 추억 속으로 사라졌다.

우리 집 0순위는 '엄마'입니다

나이순으로 따지면, 내가 1등.

권력 순으로 봐도, 내가 1등.

성격 순으로 따져도, 가장 괴팍한 내가 1등.

"엄마 먼저!"

"아내 먼저!"

이유가 어찌 되었든, 엄마를 가장 먼저 챙겨야 우리 가정의 평
화가 유지된다고 굳게 믿는 두 남자는 오늘도 나의 눈치를 살펴
가며 나를 0순위로 올려놓는다.

신랑이 퇴근길에 선배가 주셨다며 귤을 가지고 왔다.

"아빠가 선물 가져왔지."

가방 속에 넣어 온 천혜향을 식탁에 올려 둔다.

아빠의 선물이라는 말에 기대하며 신난 아들.

하지만 선물이 '귤'인 것을 보고 적지 않은 실망을 표현한다.

"에잇, 이게 무슨 선물이냐. 그냥 먹는 거지."

"아니야. 엄청 맛있는 거야. 한 번 먹어봐."

입술을 삐쭉 내밀고 식탁 위에 올려놓은 귤을 만지작거리며,
귤 한 줄 서기를 만든다.

"여기서 가장 예쁘게 생긴 이건, 엄마 거!"

첫줄에 세워 둔 가장 매끄럽고, 윤기 나며, 탐스럽게 생긴 귤
을 하나 집더니 나에게 건네준다.

"우와, 동그랗고 반질반질하네. 엄청 맛있게 생겼다. 같이 먹
어볼까?"

"응!"

툭 튀어나왔던 입술이 미소로 바뀐다.

맛있는 걸 보면 본인이 먹기 전에 가족 먼저 주려고 일단 다 싸 들고 오는 신랑과 예쁜 것만 골라 엄마에게 주고 싶은 아들.

좋은 거, 예쁜 거, 맛있는 거, 그게 무엇이든 언제나 나부터 챙겨주는 아낌없이 퍼주는 신랑과 아들 덕분에 오늘도 나는 '사랑받는 사람이구나'를 느낀다.

주부의 하루

너는 회사에 가서 열 일하고
나는 가정에서 열 일하고

너는 출퇴근하면서 바깥공기를 마시고
나는 등·하원을 시키며 바깥공기를 마신다

너는 회사에서 점심밥을 챙겨 주고
나는 아무도 내 밥을 챙겨주지 않지

빵 한 조각으로 때운 한 끼, 찬밥으로 볶아먹은 김치볶음밥
이러다 영양실조에 걸리겠구나 두려워 지네

하루의 일과를 끝내고 퇴근한 너는
차려 준 밥을 먹고 침대에 누워 휴식을 취하고

하루의 집안일을 끝낸 나는

다시 저녁 준비를 하고 육아를 시작한다

끝난 줄 알았던 나의 퇴근은, 다시 시작하는 출근이 되었고

하루의 수고로움이 단 10분 만에 물거품처럼 사라지는

집안 꼬라지를 보면서

모두가 꿈나라로 사라지는 시간만을 애타게 기다린다

뫼비우스 띠 같은 나의 일상이여

어디가 시작이었고 어디가 끝인지 알 수 없네

출구 없이 계속 돌고 도는, 주부의 애달픈 하루.

('꼬라지'는 집안이 엉망진창으로 변하는 모습을 비유하기 위한 작가의 의도된 표현 입니다.)

다시,
나를 빛나게 할 시간을 준비합니다

엄마에게도 이름이 있다

나를 부르는 데 아무도 나의 이름을 불러주지 않는다.

"안녕하세요? 어머니."

"어머님, 이쪽으로 가시면 됩니다."

"어머님, 여기에 아이 이름이랑 생년월일 적어주시면 돼요."

"준이 어머니시죠? 반가워요. 서우 엄마예요."

엄마라는 역할이 주어지면서 자연스럽게 나는 사람들에게 '어머니'라고 불린다. 새로운 사람을 만나지만 그 누구도 내 본명을 궁금해하지 않는다.

엄마의 생활이 익숙해질수록 나의 진짜 이름은 잊히고 있다.

영아기를 지나 유아기로 접어든 아들에게 다양한 경험을 만들어 주기 위하여 주말마다 집 밖으로 나간다. 미술과 음악을 이용해 아이의 감수성을 높여주고 예술적 감각을 깨워주는 활동을 하고 있다. 보통은 소규모로 이루어지는 수업인데 하루는 특강으로 기관에서 수강 중인 모든 아이가 한 공간에 모여서 그림책 수업을 진행하였다.

"각자 자리 앞에 준비된 종이에 사인펜으로 이름을 적어서 잘 보이게 붙여주세요."

선생님의 지시에 엄마들의 손이 분주해진다.

"준아, 선생님이 여기에 이름 쓰래. 무슨 색으로 써볼까?"

"음… 검은색이요. 이름은 검정으로 써야지!"

우리 앞에 두 장의 종이가 있다. 종이 위에 아들 이름을 쓰고 뒷면의 스티커를 떼 아들 가슴 위에 붙여 주었다.

남은 한 장, 나는 파란색으로 써야지. 내 이름을 적는다. 아주 잘 보이게 가슴 위에 붙였다.

수업 준비를 마쳤으니 편안한 마음으로 주변을 둘러본다.

조금씩 흔들리는 동공.

어… 음…. 어라? 이게 아닌가??

왼쪽에 있는 아이 엄마도, 오른쪽에 있는 아이 엄마도, 그 옆 자리 엄마의 이름표에도 아이 몸에 붙여진 이름과 똑같은 이름이 적혀있다.

아무래도 내 이름을 적는 게 아닌가 봐. 아들 이름을 적어서 나에게 붙여야 했구나.

이름표를 떼고 다시 붙여야 하나 고민을 하며 멋쩍게 웃었다. (몰라요. 그냥 내 이름도 불러주세요. 선생님!)

한때는 이름이 마음에 들지 않아서 개명하고 싶었다.

인터넷 동호회를 통해 만난 사람들과는 본명이 아닌 '닉네임'으로만 불리기도 했다. 다른 호칭으로 나를 불러도 섭섭하거나 속상하지 않았다. 오히려 즐거웠다. 더 예쁜 예명을 만들고 그렇게 불리길 원했다.

엄마가 되고 나서, 나를 표현하고 나타내는 이름이 조용히 흔적을 지우고 있다. 오히려 감기로 찾아간 병원에서 간호사가 나를 부르는데 어색하다.

"아, 네! 저요."

3초쯤 망설이다가 대답하고 진료실로 들어간다.

이렇게 나는, 이름도 존재도 엄마라는 늪 속에 사라지는 것인가? 이름의 상실을 경험하고 깊은 슬픔에 잠겨 있을 때, 신랑이 나를 부른다.

"엄마, 우리 저녁 뭐 먹어요?"

"나는 우리 아들 엄마지, 네 엄마가 아니야. 당신은 나를 엄마라고 부르면 안 되지!"

괜히 버럭 하고 말았다.

"아차, 그건 맞네."

그 사건 이후로 신랑은 나를 '여보'나 '자기야'라는 애칭보다 내 본명을 더 자주 부른다. 옆에서 듣고 있던 아들이 자연스럽게 엄마 이름을 외워서 아빠처럼 부르기 시작했다.

"박! 우! 진! 씨!"

처음 아들이 나를 '엄마'가 아닌 이름으로 불렀을 땐, 버르장머리 없다고 느끼기도 했다.

"여기가 미국도 아니고, 네가 나를 이름으로 부르는 건 좀 아니지 않니?"

"난 좋은데요. 박우진씨 옷 좀 찾아주세요."

"응. 그래, 지금 간다."

그런데, 자꾸 들으니 친근감도 생기고 아들과 친구처럼 사이가 더 가까워지는 기분이 든다.

무엇보다 내 이름을 오랜만에 들으니 숨어있던 내가 숨바꼭질을 끝내고 나오는 거 같다.

"나 불렀나요? 나 여기 있어요!"

이 기분 나쁘지 않네요. 아니, 참 좋습니다.

앞으로 오랜 시간 밖에서는 아들의 엄마로서 더 많이 불리겠지. 하지만, 더 이상 기분 나쁘거나 섭섭하지는 않을 것 같다. 나의 이름을 불러주는 사람이 한 명 더 늘었으니까.

어린이집 앞 놀이터에서 아들 친구 엄마를 만났다.

두 녀석은 하루 종일 함께 있다가 나왔음에도 한참 동안 집에 갈 생각 없이 놀고 있다.

아들 친구 엄마의 연락처를 받기 위해 말을 걸었다.

"전화번호 받을 수 있을까요?"

"그럼요. 010-0000-0000"

"성함이 뭐예요?"

"백승우요."

"아니, 아이 이름 말고, 엄마 이름이 뭐예요?"

그런 걸 왜 물어보냐는 눈빛인지, 이런 질문이 오랜만이라 대답을 어떻게 할까 고민하는 모습이었는지 눈동자가 한층 커졌다. 살짝 당황한 표정이 사라지더니 씩 웃는다.

"정유미예요."

"유미 씨구나. 이름 예쁜데요. 저는 박우진이예요."

전화번호 위에 정유미(승우 엄마)라고 저장한다.

아들 친구의 엄마로 만났지만, 서로의 이름을 묻고 그 이름을 기억하는 사이.

우리는 마주 보며 미소 지었다.

엄마에게도 '이름'이 있다.

○○어머니가 아닌, 나를 부르는 이름 석 자.

오늘은 엄마라는 역할 속에 가려진 내 이름을 다정하게 불러보자.

크로노스를 카이로스로 사용하기

인생의 속도는 사람의 나이와 비례한다.

10대의 시간은 10km로 천천히 가고, 20대에는 청춘과 열정이라는 추진력을 에너지로 담아서 20km로 달린다. 30대의 끝자락에 선 나의 하루 속도는 분노를 추진력으로 삼십하고도 아홉이나 더한 39km로 달리고 있다.

음… 39km라. 30의 숫자가 이렇게 빠른 속도였던가? 새삼 감탄하는 중이다.

어린이 보호구역도 제한속도 30km인데 내가 체감하는 속도가 맞는다면 30은 매우 위험할 것 같다. 속도를 10으로 줄여야 한다고 당장 교통과에 민원이라도 넣을 기세다.

2021년 1월의 어느 날, 전업맘으로 일터가 집이 되어버린 나에게 아침 기상은 자유롭다. 적어도 아들이 눈뜨기 전까지는.

다행히 아들은 엄마의 게으름에 잘 길들여져서 오전 9시가 되어야 눈 비비고 일어난다.

"아, 잘 잤다. 엄마 잘 잤어요?"

아들의 잠깬 목소리와 함께 하루의 시작을 알리는 알람이 '띠리리리링~ 띠링띠링' 울렸다. 서둘러 옷을 입히고 유산균, 비타민, 홍삼을 챙겨 먹인다. 영상을 보겠다는 아이를 타이르고, 장난감 가지고 놀겠다는 아이의 장단을 적당히 맞춰가며 등원 준비를 마친다. 아들을 어린이집에 데려다주고 집으로 돌아왔다.

하루 중 가장 고요한 우리 집.

오롯이 나만의 하루가 드디어 시작된다. 라디오를 켜놓고 따뜻한 라떼 한 잔 마시며 지난날의 사진과 글을 찾아 읽어본다.

글을 쓰고 있는 요즘, 더 많은 글감을 찾기 위한 과정이다.

지난날의 생각들을 다시 꺼내보는 재미가 제법 쏠쏠하다.

마우스로 한 장 한 장 사진을 클릭 하던 중, 용눈이오름에 올라갔던 사진에서 손가락이 멈췄다.

용눈이오름은 용이 누워있는 모양이라고 하며, 하늘 위에서 내려다보면 화구의 모습이 용의 눈을 닮았다고 해서 붙여진 이름이다. 제주의 오름 중에서 내가 가장 좋아하는 오름이다. 육지에서 친구들이 놀러 오면 첫 번째 추천지로 찾아가는 오름이라서 1년에 3~4번은 다녀왔다.

웅장한 나무가 숲을 이루는 대부분의 오름과는 다르게 입구의 시작부터 오름 정상이 한눈에 보인다. 정상까지 올라가는 내내 시야를 가릴 것 하나 없어서 걷고 있노라면 가슴이 뻥~ 뚫리는 시원시원한 오름이다. 그래서 좋다. 해가 질 무렵에 찾아가면 한라산 뒤로 붉은 노을을 남기며 사라져가는 일몰도 볼 수 있는 아름다운 곳이다.

봄이 깊어지는 4월이 되면 고사리캐는 아주머니 부대들로 북적이기도 한다. 한 번은 그 무리에 이끌려 고사리를 한 봉지 가득 꺾어오기도 했다. 고사리는 맨손으로 만지면 독이 있어서 큰일 난다며 혼쭐이 나기도 했다.

"고사리 값 벌려다가 병원비가 더 나와부런."

갑자기 집 밖으로 나가고 싶어졌다. 추억으로 기억할 것이 아니라 오랜만에 직접 마주하고 싶다.

서둘러 점퍼만 챙겨 입고 길을 나섰다.

아들이 어린이집에서 하원하기까지 4시간 정도 남았으니 시간은 충분했다. 구좌읍 종달리까지 힘껏 액셀을 밟았다.

오랜만에 다시 마주한 용눈이오름 앞에 서서 오름을 바라보고 있으니 능선을 타고 흘러 내려온 바람이 먼저 마중 나온 것처럼 내 어깨를 스치며 지나간다. 공기마저 달콤하고 향기롭다. 한발 한발 걷는 걸음마다 함께 이 길을 걸었던 사람들의 얼굴이 주마등처럼 스쳐 지나갔다. 내 얼굴에 미소가 번진다. 발걸음 가볍게 오름을 산책했다.

용눈이오름이 '자연휴식년제'를 갖는다. (2021년 2월~ 2023년 6월까지. 2023년 7월, 휴식기를 끝내고 탐방로가 개방 되었다.) 사람이나 자연이나 회복을 위한 충전의 시간은 필요한가 보다. 그동안 사람의 왕래로 훼손된 용눈이오름이 잘 쉬고 다시 건강한 모습으로 만날 수 있기를 바란다.

쾌락 속에서 지내는 사람에게는 시간이 느껴지지 않고 빨리 지나간다. 흘러가는 시간을 의식하지 않고 하고 있는 일에 집중하다 보면 하루가 금방 지나가 버린다. 그 순간이 너무나도 아쉽다. 시간에게도 바지가 있다면, 조금만 더 머물러 달라고 바짓가랑이 붙들고 매달리고 싶은 심정이다.

고요했던 나의 시간을 끝내고 또 다른 나의 모습으로 돌아갈 시간. 평범한 일상이지만 나에게 가장 소중한 사람과 함께 할 수 있는 시간이기에 고마움을 담아본다.

Happiness is itself a kind of gratitude.

행복은 바로 감사하는 마음이다.

"Joseph Wood Krutch (조셉 우드 크루치)"

마흔은 두 번째 스무 살

5년의 독박 육아, 이제 다시 사회로 문을 열고 나가보려 한다. 대학시절 취업 준비할 때 이후로는 써 본 적 없는 자기소개서를 다시 쓰기 시작했다. 고리타분했던 라떼 시절의 자기소개 형식은 더 이상 통하지 않는 세상. 변해버린 세상에 맞춰 나를 어필하는 단어를 찾아본다.

경력 많고 나이 많은 경단녀(경력단절 여성). 거기에 아직은 보살핌이 많이 필요한 미취학의 어린아이도 있는 애엄마. 이십대에 취득한 자격증 말고는 더 보여줄 것도 없고, 할 줄 아는 게 늘지도 않은, 그냥 나이 많은 아줌마가 되어버린 나.

자신감 넘치게 시작했던 타자 속도가 점점 손가락 힘을 잃어 갔다. 눈앞에서 앞으로 나아가지 못하는 까만 커서만 홀로 깜박깜박 거리고 있다. 그렇게 나는 의기소침하며, 취준생의 자기 비하의 늪에 빠져 버렸다.

누가 이런 나를 써 주겠어.

3번의 서류전형 탈락.
기회조차 주어지지 않는 취업의 문턱.
나 예전에는 잘 나갔었는데….
돈 잘 벌고, 일 잘 한다는 소리 들었는데….
왜 아무도 나를 보려고 하지 않지?
과거의 나를 회상하며 지금의 나를 마주하는 게 고통스러웠다. 다시 시작하려고 했던 나의 도전이 무모하고 터무니없는 희망고문이라고 느껴졌다. 그렇게 나의 하루하루는 스스로를 잔인하게 찔러대는 가시밭길이었다.

마음이 바닥을 칠 때 책을 찾는다.
최근에 새로 결재한 밀리의 서재를 뒤적이다가 스스로 인생

멘토라 칭하는 김미경 강사님의 새 책이 베스트셀러에 있는 것을 보았다. 출간과 함께 베스트셀러에 등재되는 작가님.

부디 이 책에는 언니의 독설이 아닌, 위로가 담겨있길 바라며 《김미경의 마흔 수업》을 클릭했다. 종이가 아닌 태블릿으로 책을 보는 세상. 세상의 변화 속도에 새삼 감탄하며 책을 읽는다.

책의 초반쯤, 마흔의 시간 계산법이 나온다.

마흔은 '오전 9시 36분'이라고. 무엇을 다시 시작하기에 아직 늦지 않은 시간이라고 저자는 말한다.

2010년, 세상의 모든 청춘들의 책장에 한 권씩은 꽂혀있었을 그 시절 가장 핫했던 《아프니까 청춘이다》라는 책이 있다. 이 책에서는 사람의 평균수명을 80세로 가정하고 인생시계를 계산한 계산법이 나온다. 당시 내 나이 27살, 나 역시도 이 책을 수차례 되 내어 읽으며 20대의 끝자락에서 다가오는 서른이 겁나고 두려워서 도망치고 싶을 때, 위로와 격려를 많이 받았다. 그때 나의 인생시계는 오전 8시였던 기억이 난다.

이런, 아침부터 도망갈 생각을 하다니.

《마흔 수업》에서 이야기하는 마흔의 시간은 《아프니까 청춘이다》의 인생시계 계산법을 인용해 평균수명 100세 시대로 늘어난 현재 기준으로 재적용 하여 계산한 것이다.

스물일곱, 8시 1분에 시작하여 마흔, 9시 36분이 되기까지 인생시계에서 1시간 35분이 지났다. 나는 그 시간 동안 3번의 이직을 하고, 보금자리를 서울에서 제주로 이동했으며, 결혼을 하고, 아이도 낳았다. 결혼과 육아로 인해 10여 년의 경력이 자연스럽게 단절되었고, 그 시간에 비례하여 '나'라는 사람은 세상에서 점점 사라져 가는 기분이 들었다. 1시간 반 동안 세상에서 완벽히 숨어 버렸다. 다시 나갈 출구는 보이지 않았다.

오전 9시.

신랑이 출근을 하고 아들이 유치원 등원을 마친 시간.

분주했던 아침전쟁을 치르고 엄마와 아내 역할을 끝낸 뒤 고요해지기 시작하는 시간. 갓 내린 따뜻한 드립 커피 한 잔과 크루아상 2개를 오븐에 구워서 발코니 모퉁이에 마련한 나만의 작은 공간에 자리를 잡는다. 창문을 활짝 열고 내부로 깊숙이 들어오는 오전의 햇살을 온몸으로 맞이한다. 뽀송뽀송한 봄의 향기가 바람을 타고 들어온다.

나에게 오전 9시 36분은 엄마와 아내라는 이름을 잠시 내려놓고, 나를 다시 찾아오는 시간이며, 오로지 나를 위한, 완벽한 나의 시간이다. 그렇게 나의 하루와 인생시계의 마흔을 오버랩해서 바라보니, 마흔은 다시 도약하는, 나의 할 일을 끝내고 다시 무언가를 시작하기 좋은 가장 완벽한 타이밍이다.

'당신의 인생시계는 몇 시입니까?'

이 질문 한마디로 빨간불까지 들어온 바닥난 에너지 창고에 갑자기 활력류가 콸콸콸~ 채워지는 기분이다.

역시 죽으라는 법은 없나 보다. 스무 살 때는, 나만큼 아픈 청춘들이 이렇게 많구나 생각하니 외롭지 않았다.

마흔에는, 초조하고 불안한 모습이 정상이라며 셀프 위로를 해본다. 모든 에너지를 자신보다는 다른 이들을 위해 더 많이 사용하면서, 스스로 채찍질을 멈추지 않는 게 마흔의 삶이었다. 인생 시계가 멈춰버렸다고 생각했는데, 다른 것에 신경 쓰느라 잠시 나의 시간에 집중하지 못했을 뿐이다.

잘 살고 있는 거 맞네!

책을 통해, 누군가의 따뜻한 위로의 말 한마디에, 고달픈 하루하루를 잘 버텨내는 근력을 만들었다.

존경하는 나의 인생 멘토이신 두 분 정말 감사합니다.

'반짝반짝 빛날 나의 마흔을 위하여!'

나도 쉼이 필요해

유치원에서 돌아온 아들이 계속 뭔가를 중얼중얼하고 있다.

"아들, 뭐 하는 거야?"

오늘 유치원에서 선생님이 들려주신 노래 부르고 있다며 엄마도 이 노래 아냐고 물어본다.

"나도 힘이 필요해~~~♪"

뭔 힘이 필요하다는 건지, 계속 힘이 필요하다며 외친다.

"골고루 밥 잘 먹고, 푹 잘 자면 튼튼해져서 힘은 세져. 걱정하지 마. 더 필요하지 않아."

그렇게 말했는데도 아들은 계속,

"힘이 필요해."를 부른다.

혼자서는 안 되겠다고 생각했는지 잠자고 있던 '카카오 미니'를 깨운다.

"헤이 카카오, 나도 힘이 필요해 틀어줘!"

'노래 찾아 줄게요' 하면서 스피커가 들려주는 노래는 홍대 클럽에서 흘러나올 듯한 아주 힙 한 EDM 음악이었다.

♬ 둥기둥기 둥기~ ♬

리듬에 맞춰 춤을 추면 기분에 취해서 없던 힘도 생길 것 같다. 들려오는 음악에 몸을 맡겨본다. 역시 즐길 줄 아는 아들.

"이게 아니라, 다른 노래야. 엄마, 다시 찾아봐요!"

아들이 재촉한다.

"어휴, 제목을 정확하게 알려줘야 찾지!"

이 늦은 시간에 선생님께 오늘 들려주신 노래 제목이 무엇이냐며 연락할 수도 없는 노릇이고, 유튜브를 열어서 들리는 대로 자판을 눌러 보았다.

"이야, 역시 똑똑이 AI 맞구나!"

개떡같이 쳤는데도 찰떡같이 알아먹고 검색창 3번째 줄에 정확히 아들이 오늘 봤다는 영상을 보여주고 있었다.

"맞아! 이거야!"

아들의 목소리 톤이 한 옥타브 높아졌다.

핸드폰 자판에 '힘이 필요해'라고 쳤는데, 〈쉼이 필요해〉라는 노래가 검색되어 나오는 이 말도 안 되는 상황. '모로 가도 서울만 가면 된다.'고 드디어 아들이 저녁 내내 애타게 찾던 노래를 들을 수 있게 되었다.

'자꾸자꾸 재촉하지 말아요.'로 시작해서 '나도 쉼이 필요해' 외치는 노래. '오연준', 1집 앨범, 2017 〈쉼이필요해〉

학교 끝나고 방과 후에 영어 학원, 수학 학원 다니며, 나는 지금 놀고 있는 거 아니고 무지 바쁘다며 한탄하는 아이들의 외침. 뭔가 안쓰럽고 심장이 가시에 '콕' 찔린 듯 찔끔하면서도 애써 변명하게 된다.

"다 너희를 위한 일이지!"

세상 모든 부모를 대변하는 속마음을 담아.

"아들아, 너는 태권도 학원 하나 다니는데 그것도 힘들어?"

"나는 아직 괜찮은데 저거 다 하면 엄청 힘들 것 같아."

"형아가 되고 공부하면 언젠가는 해야 할 일이지만, 지금부터 걱정하지 마. 엄마는 네가 하기 싫다고 하면 안 시킬 거야."

그렇게 위로 아닌 위로를 건네고, 노래를 5번 더 듣고서야 아들은 잠을 자러 들어갔다.

어제 들은 노래가 아침부터 내 귓가에 계속 맴돈다.

"자꾸자꾸 재촉하지 말아요. 나도 쉼이 필요해~~ ♪"

나도 모르게 흥얼거리고 있다.

나야말로, 진짜 쉼이 필요하다.

♬ 아들 등원 시키고 집으로 돌아와서 빨래하고, 청소하고, 요리하고, 설거지하고. 내가 뭐 맨날 노는 줄 아나요? 나도 쉼이 필요해~~~~♬ ♪

이 노래 언제쯤 사라질까? 싶을 때, 그래 결심했어!

오늘 하루는 조퇴다.

설거지하려고 입은 앞치마를 벗어던진다. 물컵 없다고 물을 못 먹는 것도 아닌데, 설거지통의 그릇은 저녁 설거지랑 모아서 한꺼번에 정리하기로 한다. 세탁실에 쌓아둔 빨래는 며칠 더 모아서 빨아도 괜찮다. 내일 당장 입을 옷이 없는 것도 아니니까. 거실 바닥에 떨어진 먼지도 하루쯤 더 쌓인다고 티 나지 않는다. 물걸레로 박박 닦아도 청소한 나만 알지 우리 집 식구는 청소했는지 안 했는지 전혀 관심이 없다. 당장 눈에 거슬리는 큰 쓰레기만 집어서 쓰레기통에 넣는다.

내가 뭐 매일 노는 줄 아냐고 목청껏 불렀지만, 오늘은 진짜 놀아야겠다. 주부파업은 아니다. 일해야 할 때 열심히 일하고 쉬고 싶을 때 잠시 쉬어 갈 수 있는, 유연근무제가 가능한 직업 아니겠는가? 나는 지금, 나의 직업적 특성이 주는 특혜를 누린다.

오늘 일을 내일로 미루고 신나게 놀자.

오늘따라 유난히 더 따사로운 햇살과 열려있는 창문으로 불어오는 상쾌한 봄바람이 빨리 밖으로 나오라고 나를 재촉한다. 운동화 끈을 단단히 묶는다. 살랑살랑 벚꽃 흩날리는 거리에서 온몸으로 꽃비 샤워를 하러 현관문을 나선다. 그 어떤 날보다 발걸음이 가볍다.

당신에게도 오늘 쉼이 필요하지는 않은가?

괜찮아. 다시 할 수 있어!

한 발 뒤에 있어도 괜찮아
앞으로 나아갈 기회가 더 있다는 거니까

한 칸 아래 있어도 괜찮아
오를 수 있는 희망이 더 있다는 거니까

한숨 쉬어가도 괜찮아
다시 움직일 수 있는 에너지를 채우고 있다는 거니까

한 발 앞에 있다고 자만하지 말고
한 칸 위에 있다고 거만해 지지 말자

인생 롤러코스터와 같아서
내려가면 반드시 다시 올라올 거야

나의 밑바닥을 보더라도
괜찮아. 다시 할 수 있어!

나는 주6일제로 일합니다

주 5일 근무제.

월~금요일까지 5일의 근무. 그리고 이틀의 달콤한 휴일.

누리고 있을 때는 전혀 알지 못했다. 평범한 근무환경이 그토록 이상적이고 완벽한 워라밸의 참 모습이었다는 것을.

열심히 일하면 반드시 주어지는 쉬는 날.

고요하고 평온한 주말 오전의 늦잠을 누릴 수 있는 영광이 있었던 천국의 시간. 당연했던 일상이 이제는 추억의 그때 그 시절 속으로 사라져 버렸음에 안타까울 뿐이다.

월, 화, 수, 목, 금, 금, 금.

미취학 아동을 가진 엄마의 육아 달력엔 휴일 따위는 존재 하지 않는다. 일반 달력에 적혀있는 토요일과 일요일이 일주일 중에서 가장 바쁘고, 힘든 날이다. 아이와 함께 외출을 해야 하고, 매끼를 함께 먹어야 하며, 모든 짜증과 심심함을 다 받아줘야 한다. 육아 지옥의 정점을 찍어야만 일요일이 끝나고, 학교로 유치원으로 어린이집으로 잠시나마 육아를 다른 이의 손을 빌려 미룰 수 있는 월요일이 온다. (선생님, 감사합니다.)

유치원 다니는 아들이 있는 나의 육아 스케줄도 남들과 다르지 않았다. 간혹 아들이 지독한 열 감기에 걸리거나 유치원에 가기 싫다고 투정을 부릴 때면 다른 선택권 없이 가정 보육을 해야 한다. 그런 날이 길어지면 일주일을 꽉 채워 아들과 하루 종일 있어야 한다. 특히나 2022년에는 코로나로 인해 가정보육의 영광을 누려야 하는 게 빈번한 일상 이었다. 일주일을 넘어 한 달, 두 달이 넘도록 퇴근 없는 근무시간을 소화해야 했다.

"이것이 진짜 육아 지옥이구나. 나를 여기서 꺼내 달라!"

신랑은 교회에 다닌다.

일요일이 되면 예배를 드리고 오겠다며 오전 일찍 나간다. 잘 다녀오라고 인사하고 다시 남은 잠을 청한다.

나는 교회에 다니지 않는다.

천주교 신자로 오랜 시간을 지내긴 했지만 현재는 무교라 우기며 그 어떤 종교 활동도 하지 않는다. 그래서 주일 시간이 자유롭다.

하지만, 아들이 있는 한 나의 자유로움은 이미 내 것이 아니다. 늦잠을 자야 하는 일요일에 아들은 그 어떤 날보다도 일찍 일어나서 나를 깨운다. 배가 고프다며 나를 괴롭힌다. 심심하다고 하며 같이 놀자고 한다.

차라리 성당을 다시 나가볼까?

살짝 고민을 하기도 했다. 하지만 피난처로 삼기위해 종교 활동을 할 수는 없다.

그러던 어느 날, 신랑이 조심스럽게 말을 꺼낸다.

"아들 데리고 교회에 가도 될까?"

교회라….

사실 썩 내키지는 않았다. 스스로 자신에게 들어오는 정보와

교육들이 옳은지 그른지 판단할 나이가 아닌데, 어른 손에 이끌려 종교 활동을 하러 가는 모습을 나는 매우 싫어한다.

"내가 잘 돌볼게. 한 번 가보고 아이가 싫어하면 안 갈게."

신랑의 요청에 아빠가 설마 나쁜 길로 데려가지는 않겠지 하는 믿음을 가지고 승낙했다. 서너 번 아빠를 따라서 교회에 간 아들은 또래 친구는 없지만 형, 누나들이 잘 놀아준다며 또 가고 싶다고 했다. 그 후로 일요일 오전 10시가 되면 신랑과 아들은 교회로 나간다. 오전 예배를 드리고 점심을 먹고, 사람들과 이야기를 나누다가 2시가 넘어서 집으로 돌아온다.

1년 정도 다니다 보니 아들은 교회 활동도 곧잘 따라하는 에이스가 되었다. 여름성경학교도 참여하고, 크리스마스 공연 준비도 하고, 부활절 축하 무대도 올랐다.

덕분에 나는 일요일 오전, 완벽한 휴일이 주어졌다. 전적으로 신랑이 육아를 책임지고 나는 그 책임에서 벗어나 나의 시간을 내 마음대로 쓸 수 있는 주말이 생겼다.

외출을 해도 나를 찾지 않는 시간. 친구와 약속을 정하고 아들 없이 혼자 나갈 수 있다. 아들이 먹을 수 있는 음식을 고민하며 찾는 식당이 아닌, 내가 먹고 싶은 요리를 먹으러 갈 수 있다.

"야호!"

뜻하지 않게 주어진 주말에 환호성을 질렀다.

교회 열심히 다니는 신랑과 아들 덕분에 신께서 나에게 주신 선물인가? 이 얼마나 달콤한 시간이란 말인가.

평일 오전과 주말 오전은 공기부터 다르다.

친구들에게 카톡을 보낸다.

"우리, 오늘 만날까?"

교회는 절대 안 된다고 아직은 보낼 시기가 아니라고 우겼다면, 신랑은 혼자 나가서 자신의 종교 생활을 지냈을 것이고, 나는 여전히 어린 아들과 싸워가며 주말을 힘겹게 보내고 있겠지.

"오전부터 나를 왜 괴롭히는 거야? 나도 늦잠 좀 자자고!"

이불을 뒤집어쓰고 발만 동동 구르며 억울해 하고 있을 거야.

내가 만들어 놓은 울타리 안에서 아들을 케어하고 보호하려고 했던 과한 집착과 욕심을 내려놓는 순간, 나를 위한 시간이 주어졌다. 의도하지는 않았지만 너를 위한 선택이 나를 위한 더 좋은 결과로 돌아온 것이다.

주말 있는 생활이 있으니, 얼굴에 미소가 사라지지 않는다.

이것이 천연 보톡스 효과인가?

일요일이 참 좋다.

본문 같은 부록

엄마가 엄마에게

예전엔 미처 몰랐습니다.

'엄마'라는 말이 입에서 나와 가슴을 울리는 단어라는 걸.

30여 년을 수없이 불러왔던 말인데 내가 엄마가 되고 나서는

"엄마."

입으로 불러 본 날보다,

"엄마!"

아들이 나를 부르는 말로써, 귀를 통해 더 많이 듣게 되네요.

사실, 이 순간은 엄마라는 단어가 세상에서 제일 싫습니다. 이
제 그만 좀 부르라고 신경질을 냅니다. 하루 10번만 부르는 법
이 생겼으면 좋겠습니다. 어디 숨어있을 동굴 같은 게 없나 자꾸

주변을 둘러보게 됩니다.

안 보이면 안 찾겠지 하는 마음으로….

안방에는 옷장과 화장대 사이에 작은 틈이 있습니다. 틈이라
고 하기엔 조금 큰, 여행용 캐리어 하나정도는 가뿐히 들어갈 수
있는 공간입니다. 마음이 너무 벅차서 화산처럼 폭발하기 직전
일 때 종종 찾아 들어가 숨어 버립니다. 하지만 이내 들키고 말
지요. 너무 작은 집에서 엄마가 숨을 공간은 처음부터 허락되지
않았나 봅니다.

"엄마 찾았다!"

마치 숨바꼭질을 하고 있었던 것 마냥,

"까꿍, 잘도 찾았네!"

미소로 화답합니다.

나를 찾아낸 아들은 마냥 신났습니다.

해맑게 웃으며 내 품에 안깁니다.

"엄마."

입에서 나오는 말보다 귀로 들리는 엄마가 더 익숙해질 때쯤,

"나도 엄마가 필요해."

나의 엄마를 불러봅니다.

그 말끝에 왜 그렇게 눈물이 먼저 마중을 나오는지 알다가도 모르겠습니다. 가슴 한가운데 활활 타오르는 뜨겁고 큰 용암 덩어리 하나가 딱 걸려 있는 기분입니다. 그 열기가 목으로 타고 올라와 눈까지 근접해서 물로 변해 밖으로 흘러넘치고 있는 모습을 요즘 부쩍 자주 만나게 되네요.

"엄마, 엄마, 나의 엄마."

눈물이 하고 싶은 이야기는 무엇이었을까?

어떤 마음을 전하고 싶은 것일까?

가만히 생각에 잠겨 나의 엄마를 그려봅니다.

떨어져 있는 엄마에 대한 그리움과 미숙한 내가 어린 날에 무심코 마구 내 던졌던,

"우리는 왜 이렇게 밖에 못 살아?"

"엄마는 왜 그것도 몰라?"

"내가 알아서 할게. 그냥 내버려둬!"

모질고 거친 말들에 대한 미안함.

그럼에도 불구하고, 이만큼 강하고, 멋지고, 건강하게, 이토록 아름다운 성인으로 자라게 해 주신 것에 대한 고마움을 어찌 표현해야 할지 몰라 그저 눈물만 흘려보냅니다.

내가 엄마가 되고서야 알았습니다.
'엄마'라는 이름은 포기할게 참 많다는 것을.

'엄마'라는 단어의 사용 빈도가 입에서 귀로 이동하는 기이한 상황을 만나고 나서, 비로소 엄마가 그땐 왜 그랬는지 엄마도 얼마나 많은 것을 포기하고, 인내하고, 버텨내며, 우리 세 자매를 키워왔는지 알 것 같았습니다. 그 깊고 헌신적인 사랑을 어찌 다 안다고 말할 수 있을까요 모래알만큼 아주 조금이나마 헤아려 봅니다.

재작년 말, 엄마가 난소암 4기 판정을 받았습니다. 너무나 갑작스러웠던 엄마의 암 진단은 지금 당장 엄마를 잃을 수 있다는 공포를 안겨 주었습니다. 4번의 항암 후 자궁을 들어내는 큰 수술을 받고, 다시 8번의 항암 치료를 받았습니다. 팔에 있는 혈관으로는 더 이상 주삿바늘조차 들어갈 자리가 없어서 손등으로,

목의 혈관으로 링거 바늘을 꽂아야 했습니다. 한 번 받아 본 사람은 두 번 다시 하지 않고 그냥 죽음의 시간을 받아들이는 선택을 한다고 할 만큼 그 독한 항암치료를 1년 동안 받으며 홀로 암과의 싸움을 하셨습니다.

생사를 오가는 긴박한 상황 속에서 힘겹게 버티고 묵묵히 잘 싸워 주셔서, 이제 항암치료는 끝나고 다시 건강했던 예전처럼 돌아가기 위해 열심히 운동하며 회복하는 중입니다. 항암 부작용으로 몽땅 빠졌던 머리카락도 다시 자라고 있는 걸 보며 조금은 다행이라고 놀랐었던 마음을 쓸어내려 보네요. 두 번 다시는 만나고 싶지 않은 암세포입니다.

"엄마!"
여전히 내가 부르면,
"응!"
대답해 주는,
'엄마'라는 이름으로 나와 그녀 사이에 연결된 인연의 끈을 놓지 않고, 나보다 더 단단하게 쥐고 계셔주셔서 고맙습니다.

존경합니다. 언제까지나 사랑합니다.

눈물바다

그리움의 한 방울
미안함의 한 방울

반성의 한 방울
후회의 한 방울

고마움의 한 방울
아련함의 한 방울

공포의 한 방울
애정의 한 방울

하염없이 흐르는
한 방울의 눈물.

내가 글을 쓰는 이유

글쓰기 수업을 시작했다. 언제부터인가 휴대폰으로 검색을 하고 있으면, 계속 눈에 띄는 광고가 있었다.

'나도 작가! 글쓰기 수업 강좌 개설.'

몇 번이나 클릭을 하며 홈페이지에 들락날락했다. 그러다 웬일인지 '한번 도전해 볼까?' 하는 의지가 생겼다. 마음을 먹고 수강신청을 하러 갔을 땐 아쉽게도 이미 마감이 되었다. 그냥 포기하려다가 다음 수업 알림 설정을 신청하고 조용히 창을 닫았다.

한 달이 지나고 알림 설정조차 잊고 지낼 때쯤, 문자 한 통이 날아왔다. 다음 달 개강하는 '브런치 작가되기' 수강생을 모집

한단다. 잠깐 망설이기도 했다.

"돈을 들여서 배워야 할 만큼 꼭 필요한 수업은 아니잖아."

필요하진 않지만 즐거움이 있을 것 같아서 이번엔 미루지 말고 해보기로 한다.

나는 어릴 때부터 책 읽기를 무지 싫어했다.

글자를 읽는다는 게 너무 귀찮았다. 한번은 이런 나를 보고 큰 언니가 질책을 한 적도 있었다.

"너는 그 쉬운 만화책도 안 보니?"

글보다 그림이 가득한 만화책조차 안 보는 그런 아이였다.

학교에서 주는 교과서만 울며 겨자 먹기 심정으로 겨우 읽고 있었다. 책과 멀리한 유년 시절을 보냈다.

성인이 되어서야 서점에 가서 스스로 보고 싶은 책을 찾아보기 시작했다. 내 인생 첫 작가는 프랑스 작가 '기욤 뮈소'이다. 그분의 책이 서점에 깔리기 무섭게 사서 모으기 시작했다. 한 번 책을 손에 잡으면 쉴 틈 없이 이어지는 전개에 밤을 새우며 책을 읽었던 기억이 난다.

책이 이렇게 재미있어도 되나?

감탄을 하며 글이란 영역에 관심을 넓혀갔다. 그날의 독서는 책을 싫어하는 나에게 훌륭한 자극제가 되었다.

다독가는 아니지만 책을 좋아하게 되면서 종종 내 생각 속의 이야기들을 남기고 싶을 때마다 노트북을 열거나 핸드폰 메모장을 열어 글을 쓰기 시작했다. 1~2줄 길이의 짧은 감정의 기록이기도 하고, A4 용지 2장이 넘는 길이에 하루 일과를 요목조목 세세하게 적어놓은 글도 있었다. 누군가에게 편지를 쓰기도 했고, 미래의 나에게 과거의 나를 질책하며 응원 메시지와 당부를 남겨 놓기도 했다. 글의 목적도, 규칙도 없이 스쳐 지나가는 오늘이 아쉬운 듯 남긴 글이 여기저기에 살아온 흔적을 남기고 있었다. 내가 어떤 생각을 갖고 살았는지 글을 통해 다시 만나게 되어 기뻤다. 자존감이 떨어지고 '보잘것없는 나'라고 여겨질 땐 지난날의 글이 힘이 되기도 했다.

"멋지게 잘 살고 있었어! 다시 힘을 내자!"
기운을 북돋아 준다. 바닥난 에너지가 다시 채워진다.

그래, 이 글을 모아보자!

시간이 지나면 빛바랜 사진처럼 그렇게 희미하게 기억 속 저편으로 사라져 버릴 순간순간의 수많은 감정들을 잊지 않기 위해서 글을 쓴다. 누구보다도 내 인생을 더 사랑하기 위해서 쓴다. 일상에 지쳐서 힘들어하고 있을 미래의 나를 위로하기 위해서 글을 남긴다.

인화된 사진을 앨범 속에 한 장 한 장 붙여 모아놨다가, 지난날의 추억이 그리울 때 열어 볼 수 있듯이, 오늘을 살아가면서 느끼는 기쁘고, 슬프고, 즐겁고, 화나고, 분노하는, 모든 감정을 고스란히 담아 둘 수 있는 감정 앨범이 필요했다. 이왕이면 조금 더 세련된 문장으로 표현하여 간직하고 싶었다. 그래서 글쓰기 방법을 배우기 시작했고, 그 배움을 바탕으로 좀 더 풍부한 표현력이 담긴 나의 이야기, 나의 글을 써본다. .

매주 두 꼭지씩 글을 쓴다. 역시 글쓰기는 어렵다.

의식적으로 글을 쓰다 보면 이야기하고 싶은 것이 하나의 문장으로 어떻게 표현해야 할지 막막한 순간이 자주 찾아온다.

하고 싶은 말이 목구멍 끝까지 차올랐는데 도저히 입 밖으로 소리 내어 나오지 않는 목소리 잃은 인어공주처럼 가슴이 답답해진다. 손끝이 자판을 떠나 허공 속에 맴돌고 있다. 생각이 거품이 되어 사라질 것 같아서 불안하다.

글쓰기를 시작하면서 여러 장르의 소설과 다양한 에세이들을 평소보다 많이 읽는다. 책 속에서 문장 표현 방법을 독자가 아닌 작가의 입장에서 바라보는 훈련을 해본다. 그러면서 더더욱 작가들의 위대함을 느낀다. 간혹 내가 묘사하고자 했던 상황을 너무 자연스럽게, 눈앞에 장면이 그려지듯, 풍부한 단어의 조합으로 표현하는 글을 만나면 존경심에 감탄을 자아낸다. 한 장면을 묘사하고 생동감 있게 표현하기 위해 사용하는 단어의 선택, 완성도 높은 문장을 만들어 내기 위해 작가들은 수많은 책을 읽었나 보다.

이럴 줄 알았으면 만화책이라도 열심히 읽어볼 걸 그랬다며 과거의 나에게 핀잔을 쏟아낸다.

새벽 2시, 신랑과 아들이 잠든 깊은 밤.
이불 속에서 살며시 나와 노트북을 열고 오늘도 나를 만난다.

에필로그

나는 오늘 또 분노하고 말았다.

하루 종일 일하고 와서 피곤하다며 아빠랑 놀고 싶어 하는 아들을 매몰차게 외면한 채 저녁을 먹고, 7시부터 자버리는 남자에게. 덮고 있는 이불을 걷어치우고, 침대 매트리스를 뒤엎어 버리고 싶었지만 아들을 조용히 거실로 불러낸다.

"오늘은 그냥 엄마랑 놀자. 뭐하고 놀고 싶어?"

심통난 아들을 달래어 함께 책을 읽고 블록 놀이를 한다.

오늘의 분노와 화가 나도 모르는 사이에 여물어 곪아 터지지 않게 나는 글을 통하여 수시로 마음에 쌓인 분노 덩어리들을 터트리고 폭파 시킨다.

결혼과 육아는 나의 **선택**이었고, 그 선택에 대한 **책임**이 있기에 결혼 전으로 냉정하게 돌아설 수 없는 상황임은 알고 있다. 하지만 그 선택과 책임감 사이에 적어도 **억울함**은 존재해서는 안 된다고 생각한다.

'이혼'이라는 것이 가볍고 쉽게 결정하고 뒤돌아설 수 있는 것이 아님을 알기에 당장 이루지 못할 꿈 일지라도 분노와 억울함과 아픈 감정을 애써 억누르며 참지 말아야겠다. 더 자주 폭발하며 결혼으로 인해 발생한 고된 가사노동과 독박 육아에 끊임없이 항쟁할 것이다.

오늘 밤도 어김없이 이혼을 꿈꾸며 잠든다.

그것이 하루를 끝내는 의식인 것처럼, 또 밝아오는 하루를 애써 외면하지 않고 받아들일 수 있게. 그래서 반복되는 하루지만 어제보다는 편한 마음으로 내일을 마주할 수 있도록 나만의 작은 의식을 행하고 오늘 하루를 마감한다.

아직도 이혼을 꿈꾸냐고?

"yes!"

꿈은 크게 가져야지.

꿈은 언젠가 이루어진다.

고마운 분들.

나는 인문학 전공자도 아니고, 책을 즐겨 읽는 사람도 아니다. 고등학교 이과를 졸업하고, 공대에 진학하여 철저하게 감성보다는 이성적 사고에 길든 사람.

좋아하는 책을 수집하며 기쁨을 느끼고, 책을 옆에 끼고 잠들기를 즐긴다. 그런 내가, 내 이야기를 쓰면서 다양한 책을 찾아 읽고, 스스로 생각을 정리하기 시작했다. 완벽하지 않은 상태에서 무작정 시작한 글쓰기였다. 어디서, 어떻게 나아가야 하는지 방황하기가 일쑤였다. 정돈되지 않은 글 속에서 혼자만의 감정에 심취해 글 안에 빠져있기도 했다. 내 글을 냉정하게 바라보고 스스로 퇴고하기까지의 과정은 혼자서 절대 할 수 없었다. '소설 한 편 쓰기'를 배우러 갔는데, 강사님을 괴롭혀 가며 에세이를 수정했다. 스스로 글을 다듬는 훈련은 정말 큰 도움이 되었다.

아직은 투박스럽고 섬세하지 못한 어색한 문체이다. 하지만, 첫 문장의 출발과 함께 나는 계속 성장하고 있다. '베스트셀러 작가 유망주'라고 말하고 싶지만, 아직은 배움이 더 신나고 즐거운 새싹 작가. 나의 솔직한 감정과 이야기를 글로 토해내며, 행복한 하루를 만드는 작가로 계속 살 것이다.

Thanks to, 소보로 작가님.
'글'이 '책'이 되는 마법을 실현할 수 있게 출판 과정을 알려주시고,
편집 방법을 가르쳐 주셔서 큰 도움 받았습니다. 고맙습니다.

Thanks to, 함모쓰(함께 모여 쓰는 곳, 안녕 매일) 멤버들.
내 글의 첫 독자였던 그대들의 열렬한 응원 덕분에 쉬지 않고 글을 씁니다.
함께해서 즐거웠습니다. 고맙습니다.

Thanks to, 차영민 작가님.
소설 쓰기 강연을 통해 스승과 제자로 인연 맺었지요.
조금은 막막했던 작가의 길에서, 선생님의 피드백 한마디 한마디가 다정한
나침반이 되어 힘든 길을 함께 걸어 주었습니다.
그래서 포기하지 않고 완주하네요. 정말 고맙습니다.

Thanks to, 원아름, 이혜선.
'글섬'을 만들어 준 친구들.
처음으로 책을 만들면서 모든 순간 결정을 하는 게 쉽지 않았습니다.
나의 고민을 늘 진지하게 듣고, 함께 해결해 줘서 고마워요.

Thanks to, 신랑과 아들.
우리는 애증의 관계.
하지만, 삶을 포기하지 않고 살아가게 하는 원동력입니다.
애정을 듬뿍 담아 감사를 전합니다.

나는 매일 밤 이혼을 꿈꾼다.

초판 1쇄 인쇄 2023년 8월 9일
초판 1쇄 발행 2023년 8월 30일

지은이 우진

편집 / 펴낸이 박우진

펴낸곳 글섬
출판등록 제 2023-000024 호
인스타그램 @geulsum_book
메일 geulsum_book@naver.com
블로그 blog.naver.com/wjqueen83

ⓒ 우진, 2023

ISBN 979-11-983519-0-6 (03810)